北京汉阅传播
Beijing Han-read Culture

IKENAMI SHOTARO

七曜文库

池波正太郎

吉林出版集团有限责任公司

真田太平记

二 · 秘密

王宁 译

第一章　上田筑城

第壹话

微弱的烛光下，仰卧着的女人的容貌清晰可见。

从这边看去，是灯影下的侧面。

女人额头凸出，额下虽有眼睛，此时亦是紧闭着的。从眼睛再往下看，安房守真田昌幸只觉得紧接着似乎就是嘴了，不禁又看了看女人那若有若无的鼻梁。

越看，越觉得这是他最丑的女人。

今晚，昌幸又强行将意识停留在了这些杂乱无章的事上。

最近，他辗转难眠，反复思忖，不知该把真田氏带向哪里，又该如何把他们带到那里。

方法倒是有几种……

但全都不允许失败。

身旁这女人，是以前在上州沼田城侍寝的阿德。

眼下，阿德陪侍昌幸的地方不在沼田城内，亦不在岩柜城内。昌幸的正室山手殿就住在岩柜，所以，不能将阿德带去那里。

　　昌幸将两手抱于胸前，侧过身去，使劲蜷缩起矮小的身躯，弯得如虾一般，从阿德处稍稍向后撤去，目不转睛地将她又打量了一番，依然觉得这无论如何都是个丑女人。不过，阿德的身体很诱人。

　　现在看去，倒更像是昌幸为阿德侍寝。

　　从半敞的睡衣胸口处，可以窥见阿德那浑圆隆起的乳房上部，伴随着深深的呼吸，乳房一起一伏。

　　阿德的身体像一座小山。

　　昌幸侧着身子，半坐起来。

　　阿德的乳房有规律地起伏着，上面渗着一层细小的汗滴。

　　昌幸伸出右手，拨开阿德睡衣的胸口处，用手指拨弄着在她硕大的身体上显得小得出奇的乳头。

　　"嗯……"

　　阿德微微一哼，再度响起那匀称的呼吸声。

　　"这女人一旦睡着，恐怕大火烧身也不会醒来的吧。"昌幸暗想。

　　他无聊地咂了咂舌，仰面朝上躺着。

　　闭上了眼睛，却全无睡意。

　　昌幸突然发觉，每每这时，他总会想到去年此时的事情。

　　去年此时……

　　攻陷甲州的战役中，织田信长听取德川家康的建议，在东海道所向披靡，战无不胜，直至返回大本营安土城，这一路上当真是雄姿英发。

　　哪知此后不到两月，就在将要出征中国地方之际，信长竟然在京都的本能寺中毙命。而且，讨伐主公信长、信忠父子的日向守明智光秀紧跟着亦死掉了。

事情过去快一年了，眼下，夏日姗姗将至。

"喂，喂……拿那个来！"

难挨的昌幸使劲晃着阿德的身体。

"嗯……"

"快起来，那个！"

"嗯，嗯……"

"那个，喂……"

"啊？"

"拿酒来！"

"您刚才没睡吗？"

"嗯。"

阿德慢慢坐起身来，问道："今晚又睡不着呀？"

"嗯……"

"到底怎么回事嘛？"

阿德径直问道。昌幸从未曾因此恼怒。

"没什么。因为睡不着，所以睡不着。"

"咦，那是怎么回事？"

又成了同样的问题。

在家臣面前，真田昌幸从来没有让大家看到过现在这副样子。

包括在山手殿及儿子面前，都从未流露。

他们理应服从于昌幸的一切。

他们相信昌幸，从不怀疑，这全被昌幸看在眼里。

这正是他觉得最值得骄傲的地方。在别人面前，绝不可流露出
一丝困惑——昌幸深知此点。

正因如此，每当与阿德独处时，已经三十七岁的真田昌幸才能如孩童般率直地畅所欲言吧。

同样是女人，除了阿德，昌幸还曾有过一个女人，也是可以像现在这样抛开一切、坦诚相对的女人。但也就仅此一人。

十七年前，那女人死了。

而且，也是在这处宅邸中。

这处宅子只有六间房子，很小，现在由五个身强力壮的男人守卫着。

五个都是真田家的忍者。

女人则只有阿德一人。

宅子在真田的府邸附近。

去年，昌幸的次子真田源二郎信繁带着住在安乐寺附近的向井佐平次骑马去真田府邸时，途中忽抛下随身侍从，骑马向林中奔去。

穿过树林后，源二郎停下马匹，一直凝视着原野彼端的树丛一带。

佐平次疑惑不解，不知他在看些什么。

当时，源二郎对佐平次悄悄说道："那树丛中现在没人了……我就是在树丛中那处不起眼的住所里出生的。"接着又一再叮嘱，"这件事绝不可对任何人提起，千万别说。"

树丛里那处无人居住的住所中，一年后的今天，真田昌幸和阿德正把盏对饮。

阿德是真田家的铁炮足轻冈内喜六之妻。

喜六战死疆场，二人膝下无子。

这对夫妇都是嗜酒之人。酒在当时属于奢侈品，听说喜六为了有酒喝而费尽周折。

“再喝点吧！”

“再喝也没关系吗？”

“嗯。”

“大人……”

“什么事？”

“战争还没结束吗？”

“看样子快结束了，但眼下还没结束。”

“喜六就是战死的呀。”

“是呀。”

“真是可怜。”

“想起喜六了？”

“嗯。”

“我和喜六，你喜欢谁？”

“嘻嘻……”

“笑什么？”

“都喜欢。”

“你这家伙，真是厚脸皮！”

“呵呵……”

阿德笑着捶打着昌幸的肩。

“你这家伙……”

“呵呵……”

“哈哈……”

两个人就这样无拘无束地瞎聊，不知不觉间，昌幸的心情放松平静下来，睡意也随之袭来。

“大人……”

“嗯？”

“那个……嗯……”

“什么事？”

“人为什么要掀起战争呢？”

“啊……”

“喂，为什么呀？”

“我也不知道。”

第贰话

据说，去年的"'本能寺之变'"传到征讨中国地方的羽柴秀吉耳中时，是六月三日的深夜时分。

秀吉之所以能在事发次日的夜里获悉此消息，听说是边境商人——当时正巧参加本能寺茶会的长谷川宗仁——派人去通报的。

当时，秀吉正一边水攻备中（冈山县西部）的高松城，一边等待织田信长亲自率军前来。

恰在此时，出了意想不到的变故。

那个讨伐信长的谋反者——明智光秀，立刻就会派使者去跟敌方（毛利）说："我方已成功讨伐信长，将来我们齐心合力，共谋天下之事吧。"

秀吉最先想到的，无疑是这件事。

但好运也在此时降临了。

高松城的城将清水宗治主动向秀吉求和："如若我切腹自杀，可否放了我城中之人？"

　　高松城内的饥馑状况超出了极限。毛利家的大部队虽积极筹备着要救援高松城，但清水宗治毕竟是撑不住了。

　　虽然料定了会有人来援，却又委实没有十足的把握——清水宗治暗自盘算着。

　　被滚滚水流和大军包围的高松城，无法从外界获知任何信息。这一点毋庸置疑。

　　"好！"羽柴秀吉当机立断，答应了清水宗治的请求。

　　六月四日，清晨时分，清水宗治从城内乘舟而出，切腹自杀。

　　秀吉如约将城中将士送回毛利一方的阵营，同时力求和毛利氏达成休战协议，最终以把备中、美作、伯耆等地让给织田氏为条件，达成和解。

　　当时的毛利一方因已获知信长将率大军来攻，正积极斡旋，以求达成休战协定。

　　此时的羽柴秀吉可谓好运连连，又兼曾不断威胁信长后方的武田信玄、上杉谦信相继猝死，秀吉一时间笼罩在好运和光环之下，颇似昔日的信长。

　　"真是令人惶恐的好运啊！"

　　真田昌幸唯有如此感叹。

　　直至此时，毛利一方尚不知晓本能寺之变。

　　有说法称明智光秀派往毛利的密使忙中出错，进了羽柴秀吉的阵营，被逮住了。光秀的密函因而落到秀吉手中。

　　总之，秀吉命少数军队先行返回姬路的居城，进行种种准备；他本人则慢慢集中兵力，于六日午时离开备中高松，前往姬路。

　　途中，突降大雨。

"快！快！"

他命令军队继续前行，七日深夜便进了姬路。

而毛利一方得知信长已死的消息，则是在六日夜里。

"一旦国力雄厚，国人的头脑难免会变得迟钝。"

真田昌幸这样评价当时的毛利一方。

羽柴秀吉一天行军约二十里路（相当于现在的八十公里），赶回姬路。据说，因连日疲劳，再加上马不停蹄地赶路，秀吉多次打盹，甚至从马上跌落。抵达姬路后，八日一整天都在做战前准备。六月九日清晨，秀吉率全军离开姬路，前往讨伐杀害主公信长的明智光秀。

本能寺之变才只七日，羽柴秀吉便有如此壮举，动若迅雷，不及掩耳，打出"讨伐弑主恶贼"这一名正言顺的旗号，以统一信长亡后的天下为己任，登上了历史舞台。

"太快了！太快了！"真田昌幸忍不住拍手称赞秀吉的干练和果敢。

昌幸好像就是从这时开始对秀吉抱有好感的。

那个时候，德川家康在干什么呢？

本能寺之变时，家康正带着穴山梅雪和近五十名家臣在边境游览。如果被明智军队发现，家康肯定连命都没了。结果，他穿过伊贺山，前往伊势，又从白子之滨乘船到达三河大滨，于五日清晨返回了冈崎的居城。那时段真是不宜出行，一路上可谓险象环生。背叛武田胜赖、转而投靠家康的穴山梅雪，就是在伊贺山中被暴徒杀害的。

六月十三日，羽柴秀吉和明智光秀在京都、大坂之间的山崎进行了决战。

秀吉率四万精兵迎战。

光秀的军队大概一万六千人。

光秀昔日的亲友细川藤孝、忠兴父子以及大和郡山城主筒井顺庆全都拒绝向他提供援助。

"讨伐信长，一统天下！"光秀的用心昭然若揭，他对昔日顶礼膜拜的朝廷摆出了强硬姿态，拼尽全力亦要占据信长的大本营——安土城。

如今的安土城已然化作灰烬。有人说此系明智一方所为，亦有人称是信长次子信雄所毁，至今真相不明，谜垂千古。

总之，当时的光秀惊慌至极。恐怕他根本就没料到羽柴秀吉的反击会如此迅猛。

此时的秀吉难道不正该被毛利军队牵制着，寸步难移？

但是，事情既然走到了这一步，交战自是在所难免。

——开战！

只战了一天，光秀一方便溃不成军。他连忙率领数名侍从，逃往妻子所在的近江坂本城，哪知逃亡途中竟在小栗栖一带的竹林被当地人用矛刺中，不幸身亡。

讨伐信长后不过十日，光秀夺取天下的野心便就此泯灭。

"光秀只是为了让秀吉赢得天下而生的呀！"

这也是真田昌幸的话。

话题再次回到刚才的卧房。

"哎，困了吗？"

昌幸刚刚躺下，阿德便嘟着嘴凑了上来。

"不用喝酒了。"

"大人，我有事要对您禀明。"

"哦？什么事？"

阿德耳语了一番。

昌幸只听得愕然不已，一下从床上跳了起来。

第叁话

祖父和父亲所经历的苦难斗争，竟又降临到了昌幸身上。自出任真田家的当主以来，昌幸碰上了前所未有的难关。

只听得阿德低低说道："我好像怀上大人的孩子了……"

"真的？ 这、这……"

"是呀。"女人眯起双眼，冷冷地看着他，嘴角隐约露出一丝诡秘的微笑。

"你不可能怀孕呀！"昌幸坚定地说。

"为什么我不会怀孕？"

"你和冈内喜六不是一个孩子没生吗？"

阿德"嘻嘻"笑了。

"笑什么？你应该是个石女才对呀。"

"谁说我是石女？"

"在沼田，大家都……"

"那我或者喜六从没说过吧？"

"噢……"

"我只是和喜六之间没有孩子！"

"那，如果……"

"如果是和别的男人，就不好说了。"

那倒也是。听她这么一说，倒也合情合理。

阿德毕竟还是不满三十岁的女人呀。

"大人，您只是骁勇善战，对女人的身体可真是一无所知。"她的声音温婉低沉，甚至有几分倦意，字里行间却咄咄逼人，"男人原来都是如此呀，大人也不例外……"

"闭嘴！冈内喜六又不是病死的，是为真田家轰轰烈烈地战死的！"

"不错，的确如此。"

"那应该是体魄强健的男人呀！"

"是，如您所言。"

"如果那样，为什么会没孩子？难道不是因为你是个石女吗？"

"啊？"阿德愕然看着昌幸，"在体格健硕的男人中，难道没有不具备生育能力的人吗？"

"哦。"

这样说来，也有可能……哎，这种事确实有不少呢。

"真的怀孕了？是真的吗？"

昌幸困惑不已，反复问了几遍。

"是。"

"唉……"

"您很为难吗？"

"麻烦要来了……不，是已经来了。"

真田昌幸此时的困惑，无论在谁看来，都是挺费解的。

作为战国时期的武将，昌幸应该是期盼多子多福才对。

源三郎、源二郎兄弟说不定会战死在未来的哪场战争中。所以，武将的正室通常不得不默许丈夫有侧室。

不过，昌幸惧怕正室山手殿会勃然大怒。

此时的昌幸，除了害怕，已顾不得其他了。

"真是不理解你！"

"闭嘴！"

"那怎么办？"

"如果怀的是个女孩就好了，生下来应该也没关系。"

"哦。"

也就是说，如果侧室生的是女孩，昌幸就不必担心山手殿会怎么样了。

"真搞不懂你。"

"生个女孩！"

"这是我说了就算的吗？"

阿德从睡衣中伸出粗粗的手臂，轻轻敲打着昌幸的膝盖。

动作亲昵狎亵。

昌幸面露愠色。

从沼田搬到这里以后，阿德似乎越来越没分寸了。

"还能指望这家伙什么呀……"

眼前的阿德不是昌幸的侧室，却也不是一夜消遣的玩物。所以安房守昌幸一直严防死守，避免被正室发现，但此时他开始不满眼前这个女人了。

"我可不是故意使坏才这样做的。"

——那又是什么缘故呢？

阿德没有明说。

山手殿若知道了这女人的存在，会采取什么行动，此事实难揣测。

往最坏处想，或许阿德的性命都难保吧……

而且极可能就是这样。

好不容易袭来的睡意烟消云散，真田昌幸环抱双臂，死死盯着阿德。

阿德也一直盯着昌幸，突然大笑起来，声音极其刺耳。

"笑什么？"

"太可笑了，太可笑了……"

"蠢货！"

"但是……大人您……哈哈……"

"别笑了，深更半夜的！"

"啊，天马上就亮了……"

"睡觉！快睡！"

"骗你的！"

"什、什么？"

"我刚才说的都是假的！"

昌幸目瞪口呆。

"我果真是……"

"嗯？"

"我好像的确是石女呀。"

"你这家伙……"

昌幸突然一把将阿德推开。

阿德丰满的身体一下撞在墙上，大喊道："疼死我了……"但接着又那样一动不动地大笑起来，笑得眼泪都出来了。

"就算开玩笑，也该有个限度啊！"

"请您原谅……"

"你究竟是个什么样的女人？"

"我就是想戏弄一下大人。"

昌幸咂了咂嘴："想跟你生气都气不起来。"

"心情好些了吗？"

"没什么好不好的。"

"再喝点酒？"

"好吧，拿来！"

"好，马上！"

阿德出去后，昌幸仰面躺下，长舒了一口气，甚至有种起死回生的感觉。

阿德很快就回来了。

昌幸端起大大的木杯，开始喝酒。

"你也喝吧！"

"您原谅我了？"

"没什么原谅不原谅的。"

"那真是太好了！"

阿德把脸凑到昌幸敞开的胸前，用舌头轻轻舔舐着他的胸毛。

"行了，别弄了！"

"难为情吗？"

"蠢货！"

昌幸从后面环抱住阿德丰满的身体，心想："这女人虽是开玩笑，但既然敢提这种事，就说明她已经不想离开我了吧……只可惜我自己都是命运难卜呢。"

织田信长死后，天下混战再起。

真田氏的动向十分微妙。

昔日，因武田家的威慑而安定下来的东信浓，现如今再次成为众矢之的，骚动不断。占据信浓一角作为大本营的真田氏必须尽其所能，夺取有利形势。

祖父和父亲所经历的苦难斗争，竟又降临到了昌幸身上。自出任真田家的当主以来，昌幸碰上了前所未有的难关。

"哎，看看，又睡不着了。"

昌幸扔掉酒杯，躺在床上。

醉意袭来，但意识清醒，仍然没有困意。

"对不起……"

"真拿你没办法！"

"回沼田行吗？"

"你？"

"嗯。"

"不行。"

昌幸猛然咬了一下阿德的乳头。阿德发出低沉的呻吟声。他突又粗暴地推开阿德，像小孩子闹别扭似的嗔道："不过，如果你讨厌我了，就可以回去！"

第肆话

在此之前，没有任何人察觉日向守明智光秀的谋反之心，该如何制止这一谋反才好呢？

不知道。

像真田昌幸这样远离中央的人，是不可能知道光秀当时的心思的。

不仅如此，就连服侍在织田信长身边的人也没能看透光秀之心。

突然之间，光秀就振臂高呼道："即刻起讨伐信长！"

他先从安土返回近江的坂本居城，而后转移至丹波龟山城，着手准备出兵中国地方。他一面不断向由安土移至京都的织田信长请命，一面为出兵之日积极筹划。

此时，光秀的心念已决。

如果不是光秀，也能讨伐成功吗？

就如同轻松袭击虎视眈眈盯着自家庭院的一群暴徒一样。

光秀决意讨伐信长，亲自统治天下。

是什么促使光秀作出了这样的决定，真田昌幸并不知晓。

仅凭昌幸获知的消息，是难以作出判断的。

眼下，昌幸只料到了一点——

足利将军和光秀之间，怕是有些问题。

足利义昭只是个有名无实的将军，如今居住在备后的鞆津地区。被信长逐出京都的义昭，正依靠着中国地方的毛利氏来生活，这一点不言自明。

武田氏败落之后，信长有意染指中国地方，而毛利氏则会反击……如此一来，足利义昭就可利用毛利氏的实力，重夺将军之势。所以，就算他使尽各种伎俩，也谈不上有何不可思议之处。

义昭昔日处于信长势力之下时，曾向各大名派去密使，妄图颠覆信长的统治。他既无实力又无兵力，唯有巧妙操控战国大名们彼此混战，以此削弱他们的势力，坐收渔翁之利。同样，他自从来到鞆津后便不断派密使走动，策动闹事。

而这明智光秀正是将军义昭往昔的亲信之人。正因为光秀的努力，义昭才得到了信长的庇护。

后来，光秀颇受信长器重，成为织田家的一员，出人头地。

但自此之后，义昭和光秀恐怕也成了息息相关的盟友。

昌幸认为光秀一心盼望着毛利军队的援助。

——若非如此，又为何要谋反呢？

昌幸不认识织田信长，未闻其声，未谋其面。世人皆称其性格刚烈，脾气暴躁，对忤逆者从不姑息，总会处以重罚。

——但我并未亲眼目睹。

所以，昌幸总觉得对信长一无所知。

故去的武田信玄曾对少年时期的昌幸说道："信长这个人嘛，是个刚强之人呀！"

记得信玄说此话时曾露出一丝苦笑。

不管怎样，那时的信长执行的毕竟还是自下而上的外交政策，以免引起信玄的反感，让他处于观望之中。

"这样的话，无论如何都盼望见信长一面。"彼时的昌幸一味想道。

纵然只有幸见上一面，恐怕都会对织田氏的家风有所了解，或许还能了解一下他们的家臣构成。

如此一来，真田昌幸或许就能找到解决当前困境的良方了呢。

究其原因，是在明智光秀瞬间陨落之后，正如昌幸预料的那样，织田氏的家臣之间纷争四起，特别是羽柴秀吉和柴田胜家剑拔弩张，决战一触即发。

胜利的一方接下来肯定要和外部的各种势力进行斗争。

首当其冲的显然就是德川家康。而毛利氏自亦不会袖手旁观，还有关东的北条、越后的上杉……面对着这场预料之中的战乱，真田昌幸考虑的是该如何生存下去。

"城池！"

昌幸在睡梦中大喊道。本以为睡不着的，想着想着就合上了眼睛，看来确实是酒力发作了，不知何时已然沉沉睡去。

每每立于悬崖之上，俯视着千曲川，他心下便不禁暗想："必须要筑一座自己的城池才行！"

在上田的台地建立本城，一直都是昌幸的心愿。

心头的这股欲念再也压不住了，昌幸的脑海中已然构筑了多达几十幅城池蓝图！

虽然在砥石、岩柜筑有城池，但敌人一旦攻到上田，也就无计可施了。

正因为幕后的甲斐武田氏势力强大，砥石、岩柜才得以荣耀依旧。

去年筹划请武田胜赖来岩柜时，昌幸就动了积极促成武田氏由甲斐迁至信浓的念头。可是，从现在开始，一切都必须由昌幸独自担当，由昌幸一人来捍卫其领地了。

只要在上田台地建立本城，就可以把上州和沼田的主干线牢牢连接起来。

唯有这样，他的势力才会更加强大。

沼田城现在再次回到了真田昌幸的手中。

小田原的北条氏直在得知本能寺之变后，立刻说道："绝不可错失良机！"跟着便率大军攻进了上州。

居于厩桥城的泷川一益挥师迎战北条军，却在上州与武州交界处不敌落败。

"太可怜了！"昌幸暗叹。

事已至此，再也不能坐视不理了。

他逐走驻扎城内的沼田城代——泷川义太夫（一益的外甥），让矢泽赖纲把守城内。

"喂，喂，醒醒，大人……"

"什么事？"昌幸听到阿德的呼唤，惊醒过来。

"侍者刚刚来禀报说，有忍者从近江赶来了。"

第伍话

真田昌幸从住处走出。天地间淫雨霏霏。

"我陪您……"保镖话语未落，昌幸便丢下一句"不必了"，翻身上马。

现在，昌幸住在距离阿德住所很近的砥石城。

织田信长死后，信浓动荡不安，如果住在沼田或岩柜，危急时刻有可能会措手不及。

砥石城是村上义清建造的，对武田、真田两大家族来说，此人曾是他们最棘手的敌人。

为了攻下这座城池，武田信玄和昌幸的亡父真田幸隆曾花费多少心血，寻常人简直难以想象。

幸隆殚精竭虑，出谋划策，暗中安排亲信于村上的城池之中，如果没有这些里应外合之人，是无论如何也攻不下的。砥石城就是这样一座牢不可破的城池。

这座城就建在如今长野县上田市东北一里处的户市山上。

两座山峰上建有无数城郭，北面之峰为主城堡，南面之峰人称"米山城郭"，从村上时代直至现在，始终用来储藏砥石城的兵粮。

去年，真田昌幸打算迎接武田胜赖到岩柜时，曾把砥石城的一半兵粮转移到了岩柜。

昌幸的居城位于山城东麓。

家臣的住宅以及城下町聚集在俗称"伊势山村"这一地方的周边。虽说是城下町，但还不具备可以称之为"町"的规模，只不过是个村落而已。但昌幸移居此地后，还是从甲斐来了不少造弓工匠、磨刀匠、箍桶匠定居，周边村落的人也被紧急召集于此地做小工、修建城池等。

从砥石赶来的忍者紧跟在骑马的昌幸后面，身影淹没在黑暗中，如影相随。

从阿德居住的地方到砥石，只需往西南方向走不到一里的路程。

到达神川河畔时，东方已经泛白。

在那里，昌幸的次子源二郎信繁正带领三名家臣等候昌幸。

长子源三郎信幸依然在岩柜城，跟母亲山手殿一起生活。

"父亲大人，因情况紧急……想必您一定很累吧？"源二郎说道，双目含笑。

"少废话！"

昌幸训斥一句，继续快马加鞭。

"从近江赶来的是谁呀？"

"姊山甚八。"

据说，父亲不在期间，所有事情都是源二郎亲力亲为，事无巨细。

这一年，真田昌幸三十七岁。

源三郎十八岁，源二郎十七岁。

一直跟随服侍源二郎的向井佐平次二十岁。

昌幸的居城在一个微微隆起的小山丘上。

村上义清也曾在此居住过。

四周围墙由石块砌成，从神川引入水源构成护城河。

向井佐平次迎了出来。

"父亲，孩儿先告退了。"

源二郎向昌幸行礼后，和佐平次一起向马厩走去。

昌幸立刻向居城内走去。

这里，不如岩柜城内的居城大。

村上时期的居城已经烧得片瓦不留，这是去年秋天昌幸赶造的。

昌幸先去浴室沐浴，换下淋湿的衣服，然后才出现在姊山甚八面前。

甚八是日夜兼程赶来的。无论是脸色还是体能，都可以看出他确实已疲惫不堪，眼睛深陷，唇无血色。

"辛苦了！"

"还好。"

"吃点汤泡饭如何？"

"一会儿再吃也无妨。"

"那请说吧！"

"二十一日，双方在贱岳开战，柴田氏彻底败北，柴田修理亮目前退兵躲至北庄。"

"哦。"

"您先看一下这个……"甚八拿出了壶谷又五郎的密函。

小田原的北条氏政尚不知密函内容。

而德川家康眼下正身处甲州，忙着平定、安抚信长死后的动乱状况。

如此算来，密函所言之事想必尚未传到家康的耳中。

姊山甚八在尾张清洲所设的忍者聚集处伺机待命，收到壶谷又五郎从近江发来的密函之后，片刻不停地赶到了昌幸处。

据说，把密函送到清洲的是阿江。

"身为女辈，本领却不同凡响呀。"昌幸又一次暗暗赞叹。

密函是写在结实而薄的抄纸上的，密密麻麻的小字，牢牢卷好固定后，又在外面滴上蜡油使之更加坚固，甚八就把它藏在了头发里。

这次密函所用的纸张也是在真田庄特别抄漉过的。

去年，真田昌幸之所以能第一时间得知本能寺之变，也是多亏了阿江。

他比厩桥、沼田两城的泷川一益和泷川仪太夫知道得都早。

"当时，让人感觉连吃惊都来不及了似的。"昌幸追忆道。

昌幸立刻从岩柜出兵，秘密包围了沼田城。

与此同时，沼田城代泷川仪太夫接到了一益的命令："事关重大，速来！"

当时的泷川一益已获知本能寺之变。

泷川仪太夫慌忙率二百骑兵离开沼田。

结果，昌幸一举拿下了沼田城——"天赐良机！"

泷川一方几乎没进行任何抵抗。

昌幸将他们逐至厩桥，稳固了对沼田城的掌控。

泷川一益根本无暇再顾及沼田。

　　主公信长若死于非命，他势须刻不容缓地赶往中央；何况又有北条军攻向上州，那毕竟是他刚刚进驻、尚未熟悉的领地……总之，眼前的一切都让骁勇善战的泷川一益无法沉着应对。

　　而且，他十分挂念伊势长岛一地。神流川之役，一益和北条氏直交战失利，当机立断："若再滞留此地，便将错失良机。"立刻率军撤回了伊势长岛。

　　接下来，泷川一益大概会跟柴田胜家结盟，共同对付羽柴秀吉吧……

第陆话

话题回到稍早些的某个时间。

织田信长突然死去，膝下只剩次子信雄和三儿子信孝二人——长子信忠和父亲一起遇害了。

除此之外，还有长子信忠的儿子三法师——后来的秀信，当时只有三岁。

三人之中，谁来继承信长大业，成为织田家的主公？为了商议此事，信长的重臣们齐聚清州城，举行了会议。

筑前守羽柴秀吉力荐三法师继承大业。

跟柴田胜家、丹羽长秀这些重臣相比，羽柴秀吉的地位不免略显卑微，但他如此神速地从中国地方返回，成功讨伐了明智光秀，自是战功赫赫。此刻，面对着这班重臣、老臣，秀吉全无容让之意，直言不讳地说出了所思所想。

能继承故主信长遗志的人，既非三法师也非其他人，而是我——可以看出，此刻的秀吉已有此意，而且坚不可摧。

后来，秀吉曾说："……那个时候，如果由其他人来掌控天下，我会觉得不安，所以极力推荐三法师。"

这听来根本就是个"借口"——

重臣丹羽长秀最先想到的就是这一点。但是，他早就接受了秀吉的建议，成为他的支持者了。

另一方面，信长的三子织田信孝在柴田胜家的庇护之下，坚决主张："无论如何，我都想继承父亲大人的遗志。"

信长的妹妹，也就是信孝的姑姑阿市嫁给了浅井长政，长政死后，她一直在清洲生活。信孝促成了阿市和柴田胜家的婚姻，所以双方关系密切。

不过，羽柴秀吉的主张最终还是在清洲会议上通过了。

去年十月，京都的大德寺为织田信长举办了盛大的葬礼，历时十七日。掌管葬礼仪式的正是羽柴秀吉。

葬礼所需的庞大开支均由秀吉一人筹措。羽柴秀吉何时拥有了如此惊人的财力呢？这种令人惊恐的潜力，每一个人都看在了眼里。

柴田胜家没有出席葬礼。

这期间，德川家康完全没干预织田家的事情。为了平定信长先前征服的甲斐、信浓的动乱，家康倾注了全部力量。

"这个……"真田昌幸对源二郎说道，"三河守家康的盟主信长既死，他就不再是谁的臣下，有可能会积聚实力，应对天下之事。那么，源二郎，我们该怎么办呢？"

昌幸笑眯眯地试探着源二郎，哪知后者竟立刻回答："三河守大人离我们更近。"

"但是，我很喜欢羽柴筑前守呀。"

"羽柴离我们太远了呢。"

"那倒是。"

"只怕鞭长莫及。"

"嗯，嗯……"

"父亲，孩儿……"

"什么？"

"孩儿是这样想的。"源二郎接下来所言之事，的确让人心头一愕——"孩儿虽不懂最近的事，但大体上该是天下要分为羽柴、德川两家了吧？"

像这样的真知灼见，他的兄长源三郎是绝对说不出来的。不，也许心里从来就没有过吧——真田昌幸不禁暗想。

"好，我懂了！"昌幸眯起眼睛。听了疼爱的次子所言，他忍不住暗暗喜欢："已经是能独当一面的大人了呢……"

姑且先听取一下次子的意见好了。

当然，这只是少年人不成熟的建议，不可能当真接受下来。但就连昌幸这样的人都屡屡愕然于源二郎的言论。

他时常暗自思索："无论怎么看，弟弟都比哥哥优秀！"

羽柴秀吉在织田家臣中的人气激增，柴田胜家只得同意暂且将三法师委托于秀吉，也同意了将信长生前控制的各个令制国按照相应的身份分配下去这些建议。

就这样，尾张国分给了织田信雄，美浓国分给了织田信孝，丹波国分给了羽柴秀胜（信长的四子，秀吉养子）……秀吉则治理山城国。

山城国就是今天的京都府。

秀吉如欲掌控天下，首先就要拥有地利。

此时，柴田胜家向秀吉提出："我想要近江的长滨。"

柴田胜家坐拥越前，之所以提出想要曾是秀吉领地的长滨，正是因为他觉得秀吉不会答应。

如果他不同意，就算在那种情况下，我亦要兴师讨伐——据说，胜家当时已然下定了这样的决心。

可以说，无论如何，胜家对秀吉都感到惶恐不安。

此时的胜家已经五十七八岁了，也有人说已过了花甲之年。因为不清楚胜家的生辰时日，姑且就说是六十前后吧。

柴田胜家是织田信长的首席老臣，品格高洁，战功彪炳，是一位不可多得的臂助。但若让四十五岁的羽柴秀吉来评判他的话，则会称其为"古板者"。

在胜家看来，秀吉曾被主公信长随意调配，如同没名没分的仆从一般，如今却一下得势。

对这一切，胜家错愕不已。看着秀吉要吞没信长的一切，恣意妄为，胜家不免叹道："真是个令人恐慌的男人……"

近十年来，信长仅仅是为尊重、保全胜家的体面，才让他参与商议重要的作战计划或谋略，但并不委托他去执行。

不就是信长在世时的那只猴子（秀吉）吗？——胜家无论如何都不能打消这种想法。

"难以揣测拥戴三法师的羽柴秀吉要做什么。应该是要在庇护三法师的名义之下，自己来统领天下吧。"

胜家深感不安。

如果那样的话……

"织田家将走向何方呢？"

还有一种说法，我们也不得不表示同意——胜家是要通过取得近江的长滨，来表示和秀吉的决裂。

不过，秀吉出人意料地一口答允："好，就把长滨给您。"

胜家大概会倍感沮丧吧。

秀吉当时还说道："但是，我希望是您的养子胜丰大人去管理长滨城。"

"哦……好的。"

秀吉如此爽快地让出了长滨，胜家也就不好说"不"了。而且，胜家的本城在越前北庄，也必须派人前往长滨才行。

秀吉要求胜家的养子前往，听起来倒也不悖常理。

柴田胜丰是家臣吉田次兵卫的儿子，后被胜家收为养子。

不过，柴田胜丰最近总觉得心情郁闷。

除了胜丰，养父胜家还收了外甥佐久间胜敏为养子，另外也十分关照胜敏的哥哥佐久间胜政。目前，佐久间兄弟在柴田家内的势力大有超越胜丰之势。

这让胜丰颇感愤懑。

这种不满之情，羽柴秀吉早已察觉到了。

只可惜柴田胜家却完全没有留意。

第柒话

据说，秀吉当时曾展颜一笑，一下子就识破了
个中真相……

胜家大概认为，只要得到近江的长滨，就有办法牵制秀吉了。

若让养子柴田胜丰掌管长滨的话，从越前北庄直至近江就都在柴田氏的势力范围之内了。

何况，距离长滨很近的美浓岐阜城内尚有信长的三子信孝。

信孝和胜家早就结成了同盟。

信长的次子织田信雄得到了尾张，成为清洲城的城主，但信孝和这个当兄长的一向不和。

他们是同父异母的兄弟，如果这对兄弟能在父亲去世后携手合作、共议天下的话，羽柴秀吉根本不可能那么快就得势。

织田信孝向羽柴秀吉提出："三法师理应住在安土，但安土现已烧毁，所以在修缮完成前，我想让他待在我身边，暂时由我照顾。"

"好。"秀吉当然不会反对这个提议。

信孝和胜家好像都觉得这委实再好不过——若能控制住秀吉赖以扩张势力的三法师，那秀吉无论做什么都会变得师出无名了吧？

给信孝提出这个建议的正是柴田胜家。胜家已经联合了从上州撤回的泷川一益和越中富山的城主——佐佐成政。

泷川一益对羽柴秀吉心怀不满，其缘由和胜家如出一辙。对世代都是织田氏麾下武将的他们来说，秀吉毕竟只是个一步登天的卑微小人。

一益和成政对秀吉的讨伐之意比胜家更要强烈，他们已然和织田信孝商定："待得来年雪化，便要向羽柴筑前守宣战，必将讨伐成功。"并一再对胜家煽风点火。

胜家渐渐也有了此意。

织田家的这些老臣们没有夺取天下的野心，他们只想继续辅保信长身后的织田氏，让织田家千秋万代。所以，他们都认为若不尽快讨伐筑前守羽柴秀吉的话，形势将会十分险峻。

这足以证明他们看穿了秀吉的野心。

秀吉也深知自己的野心已被识破。

老臣派的作战参谋是泷川一益。

一益在进攻甲州时转至上州，知晓了本能寺之变。后来，只一转眼间，他就被真田昌幸夺去了沼田城，而且在完全没有作战准备的情况下，又不得不硬着头皮迎战攻来的北条军。

最遗憾的是，这一切全都以失败告终。

上州厩桥城还不完全属于泷川一益。

只有一座城池，是不利于挑起战事的——还要有环绕城池的领地；而且，必须有敬慕城主、能为城主的战争备好兵站①的人民。

------

① 军队设置在战场后方的机构，主要负责补给作战物资及维修、联络。

　　泷川一益到上州上任伊始，所有的一切都不尽如人意。所以，他毅然舍弃上州，率兵撤回了大本营伊势长岛，真可谓明智之举。

　　仅凭这一点，便不难看出一益是抱定了重振织田氏的信念，不惜决一死战。

　　一益对现状的分析是：“时将入冬，若北近江及越前被冰雪覆盖，无论我们还是羽柴筑前守都别想移师半步。”

　　如若交战，羽柴秀吉是绝对不能攻打织田信孝的——信孝毕竟是前主公织田信长的三子。

　　但是，秀吉无论如何都必须战胜世代老臣派的灵魂人物柴田胜家，这是他眼前的头等大事。所以，他必须从积雪深埋的北近江出兵，前往越前（福井县）地区。

　　泷川一益断定冬季作战对双方来说都是不可能的，遂建议道：“雪融之前，我们必须设法麻痹住羽柴筑前守。”

　　于是，柴田胜家给秀吉写了封信，派使者送去。内容大致如下：“……请抛下所有的怨恨与恼怒，让我们从今日起携手扶持三法师。春天来临时，就让我等齐聚一堂，共立盟誓！”

　　“荣幸之至。”秀吉的答复同样十分明了。

　　古板、粗鲁的柴田胜家是听了泷川一益的建议，才写了以上那些口是心非的客套话，可以说完全不是他本人的风格。

　　据说，秀吉当时曾展颜一笑，一下子就识破了个中真相，说道：“这应该是北庄的老狐狸被左近将监大人教唆的吧。”

　　同时，他也收到了泷川一益的来信——“今日风闻您和修理亮大人（胜家）关系不和，为了织田氏，也请不要再让这种传言扩散了，请你们重修旧好。”如此云云。

据说，秀吉立刻复道："一切悉如尊意……我从未有那般念头。但按照清洲合议所定，三法师该返回安土城了，莫非修理亮大人和信孝大人都忘了吗？……安土城修缮完毕，三法师能入住了，何以还不将他送回安土城呢？……若同为织田氏着想，请首先明了此事。"

羽柴秀吉回复此信之际，肯定已是成竹在胸。

在这些织田氏的世代老臣频繁派遣密使、共商计议之时，秀吉已利用雄厚的财力备好兵站，紧密团结住了站在自己一方的各位大名和武将。除此之外，他还频派使者前去问候尾张清洲的织田信雄，并且奉上奢华礼品，多次拐弯抹角地透露以信孝为核心的世代老臣派的动向给信雄，收买信雄之心。

第捌话

羽柴秀吉妥善处理了织田信长的葬礼，之后又过了大约两个月的时间，他断然向近江长滨进军，火速包围了长滨城。

这是去年十二月中旬的事情。

"我们结盟吧！"秀吉主动向长滨城的柴田胜丰示好，甚至许下诺言，"倘若和我携手，我会将长滨城送给你的。"

胜丰面无血色。如果交战，全无胜算。长滨城本就不是一座利于战斗的城池，而且早先曾是秀吉的居城，在秀吉看来，那无疑是座一目了然、一切尽在掌握的城池。

如果战败，胜丰自无生还可能。何况，就算他迎难而上，养父柴田胜家也不会冒着积雪的危险前来救援。

由柴田胜丰出任长滨城城主一事，根本就是秀吉提出来的。

柴田胜家本打算派其另一个养子的哥哥——胜敏之兄佐久间盛政——去长滨的，耐不住秀吉一再游说，这才把胜丰派往了长滨。

所以，胜丰不愿意为这样的养父献出生命。

柴田胜丰决定投降，交出了城池。

"不知是福是祸……"

秀吉按照约定，把长滨给了胜丰。

就这样，胜丰变成了羽柴一方的将领，改成为秀吉守城了。

当这个消息传到北庄时，柴田胜家只说了一句："这个伊贺守呀……"便顿时语塞。

胜家似乎一味地认为："胜丰身为养子，是不会背叛我这位养父的。"

倘若胜家处于胜丰的位置，一定会与羽柴的军队决一死战的吧。

自己会那样做，别人就也一定会那样做——这便是胜家的惯性思维。

也有一种说法称此时的柴田胜丰正抱恙滞留于京都。

或许如此——胜丰没有参与雪融之时柴田、羽柴两军的战事，而且不久就在京都的东福寺病逝了。

提起京都，现在已然是羽柴秀吉的"大本营"了。胜丰待在京都，接受秀吉的劝说，但没有回长滨就死了。抑或是胜丰被笼络了，只是没有等到秀吉出兵吧。

柴田胜家在北庄整日处于焦虑和不安之中。

虽然应该尽早向中央进发，但目前也无计可施，唯有等待冰雪消融。

越前至北近江属于暴雪地带，是绝对调遣不了军队的。

在此期间，羽柴秀吉曾规劝岐阜的织田信孝："别再作无谓的挣扎了。"并将三法师弄到身边，安置在了安土。

在信孝屈服之前，其手下重臣早都屈从于羽柴秀吉了。

事已至此，也没有其他办法了。

秀吉暂且返回姬路，只待明年一到，就会率七万大军重返京都。

总之，秀吉是个行动力极强的人。

秀吉率领军队，轻松自若地穿梭于姬路、京都和近江地区。

"攻打伊势！"

秀吉突然下令。趁柴田胜家因大雪寸步难移之时，他试图降伏伊势长岛城的泷川一益。

一进入伊势，秀吉马上攻下桑名、龟山二城。

"我们结盟吧！不会有坏处的……"

秀吉主动向泷川一益示好。但一益可不同于柴田胜丰。他固守在长岛城，说道："我们只要坚持到越前的雪化之时就行了。"

一益沉着应对，面对羽柴军队的进攻，顽强抵御。此际，他又变回了昔日信长帐下那名因英勇善战而闻名于世的战将，仅此一点，就跟当日在上州因战争根基不稳而落败时大不相同。

二月刚到，柴田胜家就再也等不下去了，下令道："铲雪出兵！"

当时的二月相当于我们现在的三月。

从胜家的居城北庄到近江的长滨行程约有二十五里（一百公里），如若无雪，紧急行军一昼夜，也就进得北近江了。

柴田军队开始在冰雪覆盖的道路上慢慢前行。因为需要一边铲雪一边行军，一日下来不过走个一二里路。

积雪就是如此之深。

"比预料得早呀！"

秀吉安排织田信雄、蒲生氏乡二人控制伊势的局势，自己火速返回长滨。

此时，柴田的先锋部队已经到达了长滨以北七里的地方。

秀吉后来追忆道："当时我确实是小瞧了权六（胜家），虽说没有被对方看出自己惊慌失措……但确实非常吃惊，当时的情况的确是危机四伏呀。"

羽柴秀吉派人在北近江和越前的边境处站岗放哨，随时获取情报，似已方寸全乱，他事后说道："如果再迟两日到达长滨，长滨就可能落入敌人之手了。"

秀吉将部队调往长滨。

如此一来，胜家就难以顺利攻下长滨了。

进入三月，柴田军陆续南下。

秀吉为了迎战，从长滨出发北上。

结果，两军以琵琶湖北岸沿线的贱岳为中心，对峙起来。

壶谷又五郎指挥的忍者将两军的动向一一送到砥石城真田昌幸的耳中——真田府邸以及岩柜的忍者，几乎有三分之二都是在又五郎手下做事的。

昌幸判断："羽柴筑前守这次恐怕不会像上次和明智日向守交战时那么顺利了。"

根据忍者送达的信息，两军兵力均二万有余，力量在伯仲间。

但是，秀吉还要抽出兵力调往伊势参战，还要向岐阜派去殿军——在昌幸看来，其中大约有一万的兵力是用来随时应对各方战事的。

不料……羽柴秀吉跟柴田军对峙了大约半月之际，突然采取了行动。

不是向柴田军队开战。

而是转战岐阜城了。

岐阜的织田信孝之前曾被秀吉降伏，但一听说柴田胜家出兵，立刻便又开始反抗。

秀吉在和柴田对峙之余，下令道："找准良机，攻下岐阜。"

这不是孩子们玩的战争游戏，这一举动是否合适可行呢？

"放松、放松，只管开战就是！"这据说是秀吉的口头禅。结果，他竟然真的不顾眼前的敌人，统率全军前往稍后处理也为时不晚的岐阜去了。

第玖话

真田昌幸在远离中央的地方，大致掌握了羽柴、柴田两军动向。

幸好有这些忍者。

凭借忍者的情报，昌幸断定："羽柴秀吉这次恐不会轻易取胜。"

这样看的不仅仅是昌幸一人。

譬如，中国地方的毛利氏亦认为："哪方取胜，实难断定。"

事实上，柴田胜家也并非对秀吉的动向置之不理。

一进三月，胜家就给槙岛昭光送去了密函。此人居住在备后的鞆津，是前将军足利义昭的侍臣。信中劝道：

"……伊势之地，左近将监泷川顽强对阵羽柴军队，有望获胜。本人也已向北近江进发。请不要错失时机，盼前将军向毛利大人传达此意。此时，若毛利大人率大军入京，羽柴秀吉势无还手之力。"

足利义昭立刻将此事告知毛利辉元、吉川元春二人。

"速出兵前往京城，若失此良机，将来必后悔不已。事关将军家的再次振兴和毛利氏的繁荣，请鼎力而为。"

但是，毛利氏没有利用这次机会，他们已然决定："无论哪方获胜都无关紧要，我们就坐山观虎斗吧。"

如果此时毛利氏率大军前往京都，结果会怎么样呢？

势必对羽柴秀吉的未来产生重大影响。

对秀吉而言，这是紧要关头。

在外人眼里，秀吉似乎还是镇定自若，也或许是在恣意妄为，实则已经沉不下心、心中没底了。秀吉离开贱岳战线，进入美浓、大垣城内，积极准备攻打岐阜。正在此时，急报传来——

佐久间盛政得知秀吉进军岐阜，前来攻打羽柴军了！

盛政是柴田胜家的外甥，现为加贺尾山（金泽）城主。如前所述，其弟胜敏（亦称胜政）是胜家的养子。所以，佐久间盛政的显赫声望，在这次作为"总司令官"代替胜家前来交战一事中，依稀可见端倪。

盛政突袭了在大岩山严阵待发的羽柴军将领中川清秀的队伍，一番激战将之击毙，继而又占领了岩崎山阵地。

当这消息传到大垣城后，羽柴秀吉并未大惊失色，据说还欣然笑道："好！好！他们赢了！"

不知是否属实……

如若当真如此，秀吉的魄力可谓惊世骇俗。

倘若统军大将一接到己方战败的消息就委靡不振，定会影响到手下将士。秀吉对此十分敏感，总会不失时机地表现情绪，鼓舞士气。

秀吉下令："集合善跑者五十人！"而后指示这五十人道，"三十人火速赶往长滨，命众村民从长滨城镇、附近村落收集火把点亮，而后举火把，分置于至长滨的沿途各处。剩余二十人命令长滨各村多做饭团，备于沿途，以便随时食用。"

一声令下，众人即刻出发。

以上事毕，秀吉又叮嘱家臣堀尾吉晴："我就把大垣交给你了。"说完便只身上马，大喝一声："出发！"出了城门，斗志昂扬绝尘而去。

这也许是模仿年轻时的织田信长为突袭今川义元的军队，单枪匹马离开清洲时的英姿吧。

那个时候的秀吉还叫木下藤吉郎，只不过是信长手下的一名士兵，是扛着枪誓死追随信长的人。

恐怕秀吉又想起了二十余年前的那一幕吧。

他未必仅仅是要模仿信长，而是想把信长昔日的胆魄和他此时的胆魄都灌注到他一人身上，继而更灌注到所有官兵的心中。

一柳直末及十名家臣慌忙追了上去。

众人甚至来不及作任何准备。

"快！快！"

全体将士接连做好准备，队列甚至还不够整备就离开了大垣城，跟随秀吉而去。

从大垣到长滨大约有十里路。羽柴秀吉跑过关原，进入近江境内，一口气到达了长滨。

时已入夜。

似乎就是为了与秀吉应和，长滨的众村民刚好举着火把，担着饭团，急匆匆赶往大垣方向。

秀吉以前是长滨的城主，为政之时对当地民主治理，体察民情。为了城下町的发展，实施仁政。

所以长滨百姓至今仍把秀吉当做德高望重的人来看待。对全体村民来说，全力以赴地准备火把、饭团简直是义不容辞之事。

眼看着决战便要来临，军队统帅尚能如此这般为家臣着想，这堪称史无前例。

而且，亦是空前绝后。

羽柴军斗志重燃，重拾对秀吉的忠诚，自是情理中事。

阿江在佐和山附近亲眼目睹了此情此景，亲眼看到出出入入的村民，亲眼看到了火速奔行的羽柴军。

直觉告诉她："羽柴筑前守赢定了。"

直觉虽然如此，却是三缄其口。

壶谷又五郎也在长滨，但同样没把直觉告知真田昌幸。

战事迫在眉睫。

应该在看到成败定局后，再报知昌幸。

羽柴秀吉到达木之本，到达甲上山军营的弟弟秀长处，说道："我来了！"

秀长看到秀吉，目瞪口呆，好像是在问："真的是从大垣赶来的吗？"

羽柴秀长是秀吉的母亲再婚后与筑阿弥所生之子，也就是秀吉同母异父的弟弟。

在这里，秀吉依然是广施钱财，笼络一切可以笼络的附近村民，指使他们在开战前高呼呐喊。

晚上总能听到响彻夜空的呐喊声。"嘿！""哟！"……呐喊声让柴田军胆战心惊，惶惶不可终日。

让人错认为有几万大军抵达了羽柴军的大本营。

而贱岳的羽柴军则犹如起死回生一般，再度斗志昂扬。

他们听说统帅已率生力军抵达！

长滨的村民和羽柴军的后续部队一起赶往木之本。醒目的火把队列蜿蜒连绵，柴田军在山上看到这一幕，不觉斗志渐丧。

第二天的战斗，自然是羽柴军追击退却的柴田军了。

最后，在狐冢大本营的柴田胜家仅由约五十名家臣保护着，仓皇逃回了北庄。

第拾话

柴田胜家在北庄城放火自尽，正是这年（天正十一年）四月二十四日的清晨之事。

据说胜家逃回北庄之际，跟来的只剩三千人了。

因败北而绝望的将士官兵，也许有的不知藏匿何处，有的则被羽柴军降伏了吧。

"我的家臣在战败之时，会不会都像柴田的家臣那样……只要想到这里，我就不寒而栗呀。"

这话，真田昌幸只对阿德一人说过。在男性面前，他绝不会吐露这种信心不足的话。

他很快就获知了北庄陷落之事。

以壶谷又五郎为首的诸多忍者隐匿山中，奔波旷野，一直潜入越前北庄，亲眼目睹了事件始末。昌幸为此感动不已，感叹道："他们竟然为我执行这样艰巨的任务。"

他再一次体会到具备间谍网是何等重要之事。

“现在开始，又到用钱的时候了。”昌幸叹道，“如果这样，无论如何都得去上田筑城了。”

“一旦筑城，会有钱财进来吗？”阿德问道。

“上田地域辽阔，筑城之后，可以建立一个很大的城镇。也就是我的城下町了。”

“哦……”

“一旦有了城镇，就可以聚集人气。商业活动自然会兴盛起来，城镇也会兴盛了。”

“是呀……”

“当地居民增多，粮食也会收获更多吧。”

信州的小县郡气候宜人、平原广阔。所以，真田家的收益至今仍无减少。前代的幸隆本就积攒下了不少，而昌幸这一代又取得了上州的沼田地区，财力自然更加雄厚。

去上田筑城，通过主干道连接起沼田——昌幸想通过这个方法，将领地变得坚不可摧。

此事刻不容缓。

武田氏衰败、织田信长突然死去……现如今，信州的主要势力都已不复存在。越后春日山的上杉景胜因此才敢出兵川中岛，攻占那一片地区，继而又向东信浓发起攻势。

而关东的北条氏政、氏直父子则是追击泷川一益，占领了碓冰的垭口，也急于侵入东信浓。

真田昌幸归顺了北条氏，率先和上杉景胜交战。这一年间，他出兵埴科郡的虚空藏山，打败了上杉军队。见状，北条氏直禀告小田原的父亲氏政：“若欲将东信浓收入囊中，当下必须倚重真田。”

此时的氏政已经隐居，儿子氏直成为整个家族的当主。

此间，东信浓的诸豪族或与昌幸联盟，或投向上杉。总之，这一年间，小规模的战争延绵不绝。

昌幸马不停蹄，正如他常常说的——"事必躬亲。"

只要从战场归来，他就会立刻投入阿德的怀抱，把脸深深地埋在阿德丰满的乳房间，说些"真是太棘手了"、"不应该有战争呀"、"索性战死好了"之类的话，歔欷不已。

尽管这样，昌幸在战场上对整个战斗的进退把握都是出类拔萃的，可以说是"战无不胜"。

"我自幼就受到战神信玄大人的耳提面命，上杉、北条之流何足挂齿。"昌幸曾对儿子及手下如此夸口。

但是，无论如何都明显地兵力不足了。

应该避免大规模作战及决战了。

昌幸选择归顺德川家康及北条氏直，正是这缘由所致。

德川家康有意占据甲斐，不断笼络、招募武田氏的老臣，忙于甲斐的战争和经营，一时难以周全地顾及信浓。

他因此和北条父子结盟了。

正因为这样，上田筑城一事已到了最佳时机。

作为德川、北条的麾下一员，本着保卫小县郡这一意义，昌幸向德川家康请命："上田筑城势在必行，万望允准。"

北条父子既想利用昌幸的势力，又惧怕他的势力。所以，对上田筑城一事，他们一直推诿搪塞。

昌幸把岩柜城代——但马守矢泽赖康——派往家康处，继续请愿。

“若不能在上田筑城，一旦上杉来攻，势必难当。”

已经成为家康家臣的昌幸之弟——真田信尹——也在不断劝说家康，这一点毋庸置疑。

现阶段，真田昌幸对家康只是隶属关系，不是正经的盟友关系。

“如果能允许我筑城，我会为了德川家而誓死保卫小县郡的。”昌幸亮出了自己的条件。

这一点，对盟友北条父子是保密的。

家康一旦信赖昌幸，想必很快就能应允昌幸的请求吧——

要建立同盟关系，但又要压制一下关东的北条氏。

就昌幸而言，最让他觉得可以仗恃的，就是武田氏的老臣们——特别是和真田氏同族的人们——纷纷转入自己门下。这些人的战斗力无疑最可信赖。

“啊……如果给我一双翅膀，我真想飞向远方。”

某个夜里，昌幸偎依在阿德的双乳间，含混不清地嘟囔着。

“是吗？你想飞到哪里去？”

“嗯……”

“飞去哪里呀？”

“嗯……”昌幸闭着一只眼睛说道，“飞到喜欢的人那里去。”

“啊？那……是哪里的女人？”

“不是女人。”

“那，是男人？”

“既然不是女人，那自然就是男人喽。”

“哎呀，真讨厌！”阿德板起了面孔。

第拾壹话

"现在哪是我分心管这些事的时候……真田氏和我的领地正面临生死存亡，岂能再容许这些女人恣意妄为！"

阿德以为昌幸说的是男色之事，实际上并非如此。

真田昌幸此刻已经清楚地知道羽柴秀吉正是自己要找的人。

他心中念道："如若在羽柴筑前守的手下效命，那势必能充分发挥我的本领！"

不过，昌幸活跃的舞台只限于信州和上州一隅，基本影响不到运筹天下的中央战局，反而不得不蒙受中央政局和战事所带来的影响。

战国时期，各个大名、武将的势力都会被出生地和领地的情况左右。

像武田信玄、上杉谦信这等英雄豪杰，虽说具备天下人仰慕的才干和实力，但最终也是耗尽所有，只得默许年轻的织田信长遥遥领先。之所以这样，就是因为信长位于距离日本的首都（京都）最近的地方。

地域就是能给国家和人民带来如此重大的影响。

这一点和日本的"地理条件"衍生日本历史是相同的。

"如果给我一双翅膀，我就要飞到羽柴筑前守跟前……"

无论真田昌幸怎样憧憬，他都不可能带着领地和城池一同飞去。倘若一定要去秀吉身边做事，那唯有舍弃领地，舍弃城池，舍弃所有的家臣，只身一人前往。

"如果……"

阿德对着昌幸喃喃私语般说道。

"嗯？"

"在上田筑好城池后，就会把夫人从岩柜接过来吧？"

"哦……"

"会接来，对吗？"

"多嘴！肯定的嘛。"

"到底是……"

"上田成为本城的话，自然得接来，没办法的事情呀。"

"那，我怎么办？"

"在这里待着。"

"我已经厌倦了。"

"什么？"

"我想回沼田了……"

"为什么？"

"我想回沼田生活，无论是和前夫一样的足轻也好，普通的百姓也罢，我只想和一个令人愉快的男人相伴，悠闲度日。"

"不行。"

"我厌倦这种生活了！"

"不行！就是不行！"

昌幸猛然一喝，起身给了阿德一巴掌。

阿德转过身子，背对着昌幸。

"这……这……阿德……"

"我只不过是大人的玩物吧。"

"胡说！"

"我害怕……"

"什么？"昌幸真怀疑适才所听到的，"害怕？"

"嗯。"

"你害怕什么？"

"害怕我的事情传到岩柜的夫人耳中。"

"这件事呀？哈哈哈……"

"我不是说笑。"

"放心好了。就是她来了，我也不会让她知道你在这里。"

"不会的，她已经知道了。"

"为什么这样想？"

阿德默不做声。

"为什么？"

阿德依旧沉默。

此后，无论昌幸说些什么，阿德那一夜一直缄默不语。

"随你便吧！"昌幸恼羞成怒，愤然走出卧室，命令保镖，"备马！"

"去哪里？"

"回砥石！"

"我们……"

“不必！”

“是！”

“好好监视阿德！那家伙说不定会一个人逃离这里。”

“遵命！”

奔进漆黑的夜色之后，马背上的昌幸不禁长长叹了口气。

夜已深，但昌幸没带火把。反正这匹马就算无人指挥，都会将昌幸带回砥石的。

何况，昌幸看似是单枪匹马，实则迟早会有某个保镖从后追来，守护他直至砥石。

“阿德这家伙，竟然说什么‘害怕’……”

是害怕山手殿吧。

岩柜姑且不论，昌幸每三日便会去一次临近真田府邸的林中住所这件事，在砥石的家臣中可说无人不知，无人不晓。他们若将此“谣言”传到岩柜，那就不得不考虑会传到山手殿耳中的问题了。

方才昌幸还对阿德说“放心好了”，此时却也意识到山手殿迟早总会知情。

不过，知道了也无妨。昌幸是个什么样的男人？暗地里有一两个女人，真不是什么值得大惊小怪的事。

“如果上田筑城一事成功，山手殿由岩柜迁至此处，该恐惧的人就换成我了。”

阿德和山手殿的距离确实是缩短了，但也并非住在同一城池个、同一个宅邸中呀。

“心生厌意的人，应该只有我呀……”

不该是阿德呀。

作为一国一城的主公之妻，是不能擅自孤身外出的。

"那……阿德为什么会害怕呢……"

昌幸百思不得其解。

可以说，阿德今晚的态度是昌幸此前从未见到过的。

阿德确实是又惧又怕。

"只要阿德没有孩子，和山手殿必定相安无事吧。"昌幸又一次涌上了这种念头，"或许……"

他心头一惊。

先前的夜里，阿德曾告诉昌幸："我有身孕了。"让昌幸狼狈不堪。而且，她还曾看着惊慌失措的昌幸大笑不止，说："骗你的。"

那个时候，昌幸与其说是愤怒，倒不如说是放下心来。

"但是，那件事会不会是真的呢？"

昌幸在马背上晃悠着，重新寻思起来。

阿德口中说是骗人，但难道真的是怀孕了不成？

如果没有怀孕，不应该那样害怕山手殿呀。

阿德确实流露出在沼田时从未有过的恐惧。今夜，这种恐惧让她丰硕的身体僵硬起来，绝望的双目失去神采，脸色一度刹那间变得苍白。

藏匿的女人有身孕了，对武将来说，这不足为奇。

然而，阿德若生下女婴，尚能平安度日；若是男婴，恐怕真田家就要重演当年的那一幕了……

阿德当然不会知道当年的事情。

知晓真田昌幸、山手殿夫妇那件往事的人，整个真田家族中只怕都没有五人，而且不包括源三郎、源二郎兄弟。

马停了下来。它似乎敏锐察觉了背上主人的踌躇不决。

这匹栗色骏马名唤"残月"。名字不是昌幸想出来的，而是次子源二郎的意见。昌幸听了这个名字，一时笑逐颜开，欢然说道："哦，好名字！就叫这个名字了，好，好……"

昌幸轻轻拍了拍残月的脖颈，一夹马腹，残月又开始向前奔去。

一时间，昌幸心下黯然。

"绝不能重蹈覆辙。"他暗下决心——"这不是儿戏！"

突然间，昌幸心生愤慨。

"现在哪是我分心管这些事的时候……真田氏和我的领地正面临生死存亡，岂能再容许这些女人恣意妄为！"

的确如此。

也正是在此时，昌幸起了杀意。

对谁起了杀意呢？

对山手殿。

不仅仅是因为阿德这件事。

"她最好从这个世界上消失。为了真田氏，她最好消失。"

昌幸的欲念越来越炽烈，变得不可撼动。

此时，远方砥石城下的哨所中燃着的篝火渐渐变清晰了。

第拾贰话

去年秋天，北条氏直率兵攻到了信州小县郡的海野平。

但真田昌幸不得不和北条氏结盟。

若问缘由的话——只因越后的上杉景胜已然率兵南下，夺去了川中岛一带。

上杉景胜追随大英雄谦信的脚步，执意夺取信浓。

昌幸既然跟北条军合作，首先要做的就是阻止上杉军对东信浓的不断侵蚀。

以前上杉、武田两军争夺信浓时，这川中岛正是数次激战之地。

川中岛的海津城就是已故的武田信玄为了压制上杉谦信而修建的。武田氏灭亡后，上杉景胜在第一时间夺去了这座城池。

上杉的势力延伸到川中岛，对昌幸来说如同邻人失火一般。

昌幸加入北条军中作战，也是可以理解的。

此间，信浓的诸豪族都不得不加入上杉或者北条一方作战。

虽说如此，但并未出现大规模的战事。

　　三万北条军一直进军到八幡表附近，与上杉军对峙，但不久之后又撤回原地。真田昌幸亦是如此。

　　昌幸本来也没打算勉强应战。

　　他只是想在当时的上杉、北条、德川三大势力之间游走比较一番而已。

　　上杉军也并无战意。

　　进军川中岛固然是好，但此时的上杉景胜绝不能对根据地越后的内乱置若罔闻。

　　是北蒲原郡的豪族新发田治时率领一派人制造的动乱。

　　景胜让村上义清之子景国先去了川中岛的海津城，自己则率兵返回越后，耗时整整一年来镇压叛乱，而后又等待今年雪化，以再次进攻东信浓。

　　北条氏直也不可能时刻对阵上杉军。

　　去年的这个时候……

　　德川家康在信玄死后，进入了甲斐国，为谋略四处奔波。

　　德川、北条之间，小规模作战时有发生。

　　最终，两家讲和了。

　　如果非要见个胜负，北条父子似比德川家康稍呈劣势。

　　休战的提议是由北条一方提出的。

　　一、北条军将目前所占领的信州佐久郡和甲州都留郡移交给德川氏。

　　二、德川氏把上州的沼田地区让给北条氏。

这就是讲和的条件。

但也并非要即刻执行。

眼下的沼田领地，真田昌幸要牢牢掌握在手中，确保沼田城的安全。

家康既没有拒绝昌幸，还答应要把此地让与北条。

因此，家康传话给昌幸说："如果和我结盟，我就把上州箕轮一带赠送与您。"

不过，箕轮此时已经在北条的掌控之下了。

事已至此，只要德川和北条联合起各处武将、豪族，那么这些许诺则如同乱开的空头支票一般。

真田昌幸有时也让已是德川家臣的弟弟信尹游说家康，虽然嘴上说是盟军，但去年一年，无论是家康的话，还是北条的话，没有一句是可以相信的。

最终，德川家康去甲斐建立了地盘。

只有这是千真万确的事情。

曾经和已经衰败的武田氏有着密切联姻关系的关东北条氏政、氏直父子，现在也屈服于家康的强势之下，可以说已经放弃了甲斐。

在真田昌幸看来，两者的实力差别显而易见。

如问投向哪方较好，德川家康自是当仁不让的选择。

跟秀吉相比，家康虽说距离真田氏较近一些，但距离仍是很遥远的。

真田氏附近的强大势力是上杉和北条。

如果没有能与这两大势力相抗衡的实力，那么想排挤掉他们、与德川家康建立牢靠的同盟关系，无疑是不现实的。

去年，德川和北条达成和解，以家康从甲州返回浜松而告终。此后，家康热情招纳武田氏的旧臣，以此为原动力经营甲州，取得了巨大成效。

而羽柴秀吉则以迅雷不及掩耳之势，成功讨伐了明智光秀，在中央地区充分发挥着才干。所以，家康是有意借由经营甲斐来拓展地盘，积蓄力量，以备他日之用。

这样做的，不止家康一人。

真田昌幸同样要积蓄力量，一旦到了要谋取利益之际，他便会悍然出阵。

在中央，羽柴秀吉迅速扩张势力，一心要沿着故主信长的足迹前行。

远离中央的大名及武将们虽然把一切都看在眼内，却往往麻痹大意，没想过要采取什么行动。

真田昌幸也只不过是看到了去路而已。

第拾叁话

“去年，真的是危机四伏呀。”

即便是现在，真田昌幸还是这样觉得，而且感受极深。

通过弟弟隐岐守真田信尹的斡旋，他一度和德川家康交往过甚，招致上州一带的北条势力攻至了沼田城边。

“如果城代矢泽赖纲没有击退敌军，那么现在恐怕我就不可能将阿德拥入怀中，度此良宵了吧……”

还好，德川、北条不久就讲和了，昌幸的立场也稍显宽松了些。

而且，昌幸还得以着手平定了支配下的小县郡。

不过，与室贺、小泉、丸子等强有力的豪族之间的小战役连绵不绝，眼下还在进行着。

今年正月，在丸子城进攻丸子三左卫门一战，对昌幸来说，也是一场久违的激战了。

平定小县郡后，昌幸立即着手对付川中岛的豪族。

如今，川中岛在上杉景胜的掌控之下。

不过，因昔日同由武田氏庇护，昌幸有很多熟识的豪族。

他巧妙地利用了德川家康——

"我是代德川氏来给大家做工作的。"

忍者所起到的作用就不必说了。

"家康很快就会向川中岛发起攻势，若那时再动手则晚矣。趁现在和我联合，提前从上杉手中夺回北信浓，岂不是更好吗？"

对昌幸的提议，川中岛的各位将领好像着实动了心思。

上杉景胜肯定也是坐卧不安。

就这样，自今春开始，上杉军开始了反攻。

昌幸的弟弟隐岐守信尹恰如其分地将哥哥的这一功绩传达给了德川家康。

信尹现以"加津野隐岐守"之名供职于家康手下，但心中仍渴望不久以后能以"真田信尹"之名被人称呼。

上杉景胜严防死守川中岛的海津城，与此同时又突然进军东信浓，去虚空藏山筑城。

那是埴科、小县两郡的边界，距离上田很近。

从真田昌幸的砥石城出发，途经太郎山，顺着山脊就可以攻打虚空藏山。

昌幸对地形了如指掌。

上杉景胜着手巩固虚空藏山的城池时，昌幸曾数次突袭，给予重击，却始终未将上杉的势力彻底击退。

昌幸急着在上田筑城，正是因为此事。

然而，德川家康仍未同意上田筑城一事。昌幸将岩柜城代矢泽赖康派至浜松请愿，但家康一直不给任何答复。

昌幸有些焦躁不安。

在攻打虚空藏山时，他已经在上田西面的高地建起了类似堡垒的军事基地。这附近有以前豪族小泉氏建立的堡垒据点，所以在一定程度上已经有了雏形。

但是，昌幸希望从这里一直延绵至这个小堡垒的东面，建立一座真正属于自己的城池。

我等不及浜松方面的许诺了，不管怎样我都要筑城——昌幸心意已决。

"北条军已从东信浓撤退，为了阻止上杉军队南下，我只能一个人击退他们。"

时值盛夏，昌幸默默等待着秋天的到来。

上田没有厚厚的积雪。在信浓国内，这是最温暖的地方。

"无论如何，都想在这个秋冬之时着手建城。"

一旦到了秋天，越后就将被冰雪覆盖，上杉军就不可能大量前来了。

"我哪有时间任由这些女人胡闹。"

自从和阿德发生争吵返回砥石城后，真田昌幸接连十天都没再去过树林中的那处住所。

在第十二天上，忍者出现在昌幸面前。

"阿德夫人确实有孕在身了。"

昌幸神色凝重。"确实有身孕了呀……"他对忍者说道，"好吧，从今以后要目不转睛地好好看着阿德！哦,对了,她现在什么样子？"

"看上去和以前一样。"

"是吗？和以前一样……"

“是。”

环绕住所的树林及附近的田间小路都不准阿德去。就算去，肯定也会有忍者暗中保护着阿德，密切注视周围的一草一木。

阿德喜欢张罗居于住所内的忍者们的饮食，特别喜欢女红，只要一拿起针线，就不知疲倦。

真田昌幸近来的贴身衣服基本上都是阿德缝制的。

“那就拜托你们了！”昌幸接着说道，“最近我去不了了，就托付给你们了。”

“是。您的旨意……”

“不必告诉阿德。”

“遵命！”

第拾肆话

三天后的黄昏时分，女忍者阿江出现在了砥石。

宅邸后面护城河上的吊桥前有一处哨所，此时站岗的是向井佐平次。

真田源二郎昨天清晨时动身去岩柜了。

"我许久未见兄长了。"

听了这话，昌幸说道："净做些没用的事情。"

"为什么这样说呢，父亲？"

"又不是个孩子了，见到哥哥又能怎样？"

一想到源二郎不在身旁陪伴，就算只有一天，昌幸都会倍感寂寞。

这年正月，十七岁的源二郎信繁在攻打丸子一役中初上战场。

"为时尚早。"昌幸曾就此说道，"哥哥源三郎都没出征呢，岂能让身为弟弟的你抢到前面。"

昌幸的口气好似十分器重源三郎，这是少有的事情。

无论源二郎如何央求，昌幸就是不应允。

"这可不是小打小闹。"

昌幸离开砥石，南下跨过千曲川，又行了约四里路，到达了位于此处的丸子城，对其发起攻势。

源二郎带着向井佐平次追了上来。虽说他们随身携带了长矛、长刀之类的，但毕竟是些微不足道的兵器。结果，两人就这样冲向了战场。

"源二郎公子真是了不起呀，骁勇善战！"

战争结束后，家臣禀告道。

"啊？你说什么？"真田昌幸不禁哑然。

源二郎取敌军首级三颗。

"真拿他没辙……"昌幸阴沉着脸，真没想到最疼爱的次子竟然是以这种形式初次上阵，并且还能平安归来。但转念想到源二郎作为自己的儿子，没有辜负众望，他又倍感满足。

出现在战场上的源二郎很幸运地只是受了两三处轻伤。

不过，也确实是吓得脸色铁青，全身发抖，虽然挤出微微的笑容，但更像抽搐一般。昌幸看在眼里，更觉怜爱不已。

"胆敢违抗父命！"

昌幸突然暴跳如雷。

"是。"源二郎表现出不同于平日的顺从听话，低下了头，口中好似喃喃自语般说道，"最近总是想要奔赴战场。我实在是等不及了。一心想要赶快……迫不及待地渴望初上战阵。"

"嗯……"

既然是武将之子，这自是情理中事，但初次上阵，跟敌人殊死搏斗绝非易事。

手持兵器刺向敌人、刺向对手的血肉之躯，狠狠砍去，杀死对方。或者，也可能是敌人的武器刺向自己，自己死于刀下。

这都是必须面对的事情。

无论怎样，无论大将的儿子怎样，这都是必须经历的过程，这是一个难关。

对源二郎来说，他只想早早超越这一难关。

这种心情，昌幸并非没有经历过。

"怎么样，现在的心情？"

"放下心了。"

"不害怕吗？不，应该连害怕的时间都没有吧。"

"是的。"

"如同做梦一般吧？"

"的确如此。"

"无论是挥舞长矛的臂膀，还是奔跑不止的双腿，都如同飘浮在空中一般……"

"对，对啊……"

"你这个好运气的家伙……"

昌幸渐渐露出了笑容。

对源二郎的初次上阵，家臣们都很吃惊，但看到源二郎的英雄本色后，均觉得是值得期待之人，纷纷叹道：

"真是可喜可贺呀！"

"虎父无犬子……"

真田一方似乎忘记了是经过多么艰苦卓绝的斗争才迎来了胜利，大家都是喜不胜收的样子。

大家对源二郎评价如此，对向井佐平次的表现，也吃惊不小。

"本以为源二郎公子只是捡了个瘦弱、不顶事的年轻人呢。"

在佐平次看来，去年在高远城迎战织田大军时，有如同惊涛骇浪压来般的感觉，如今心下一比较，攻打丸子这一战，就没什么太大压力了。

攻与守的差别如此之大吗——他暗自思忖。

佐平次挥舞长矛，向敌人狠狠掷去。

面对马背上的敌人时，与其袭击敌人，不如袭击战马——用长矛狠狠扎向马腿。如果长矛不幸折断，就立刻捡起落在周边的敌人的长矛继续作战。

丸子一方有一位英勇善战、闻名遐迩的武士——深山甚右卫门，当他逼近源二郎的战马一侧，正欲举刀之际，向井佐平次疾步赶来，从下方用长矛刺穿了马背上的深山的大腿，连马背都刺穿了，真田一方的许多人都看到了这一幕。

"我真是看你看走眼了……"连真田昌幸都目瞪口呆，看着毫发未损的佐平次，倍感意外，"作战时，你看得见吗？"

"看得见。但高远之战时，如同双目失明一般。"

"哦……"

"眼前如同笼罩雾气，敌人的呐喊、呼叫，都如做梦般萦绕耳边。"

"那是自然。"

回到砥石之后，昌幸立刻说道："佐平次，不要只守护源二郎了，我要提拔重用你。"源二郎也一个劲儿地推荐。意外的是，向井佐平次固执己见："不，无论何时，我都想跟随在源二郎公子身旁，请您答应我。"

“我讨厌战争。”从昌幸面前退下，只面对源二郎一人时，佐平次如此说道。

昨日——
真田源二郎动身去了岩柜，佐平次则留在了砥石。
“这可是难得的好机会，趁我不在，好好悠闲自在吧。”
源二郎一边说着，一边死死盯着佐平次，好像要看穿他的眼底一般。
不知为什么，眼看着向井佐平次的脖颈都变得通红了。
“不是……”
看着手足无措，不知该说什么好的佐平次，源二郎说道：“我知道。”
“啊……”
“我说我知道。”
“那，什么……”
“别说了，我没有恶意，放心好了。”
听到这里，佐平次低下了头，脸依然涨得通红。
“呵呵……”源二郎满面含笑，充满了善意。
今日——
在日落前，佐平次来到后门的哨所处。
源二郎没事时，佐平次有时会来这里站岗。
是他自愿的。
头戴笠形盔，手持长矛，两名站岗的足轻在宅邸周围的七处哨所轮番站岗戒备。

现在，可以说是战争的非常时期。

在城池下方，戒备更为森严。

此时，佐平次和其中一人交接完，离开站岗的哨所向护城河尽头走去。

那边的城门处，响起了云板声。

这并不是在警报有异常现象，而是确认靠近城门的人没什么可疑之处，可以放行通往宅邸里面时的信号。

走到城门口的是一个身背轻便行李、头戴斗笠的女子。

女子在盛夏的黄昏时分，悄无声息地走来。

像个出门在外的女子。

佐平次等待着这个女子。

女子停下脚步，向这边张望。

斗笠下面的脸庞似乎饱受日晒，在夕阳下很难看得清楚。

"哦，是佐平次吗？"女子率先问道。

第拾伍话

"啊……"

随着这一声招呼，佐平次马上明白了这位出门在外的女子是谁。

"阿、阿江小姐……"

"是，是……"阿江答应着，疾步走了过来。她伸手摘下佐平次的笠形盔，看了一看，问道，"您还好吧？"而后便伸出结实粗壮的双臂，紧紧搂住佐平次的肩膀。

无论怎样，仅从瘦弱的身形来看，总让人感觉是佐平次埋在阿江那宽广的胸膛中一样。

此时此刻，佐平次的感受该如何表达才好呢？

至少，一年前作为一个活生生的男人和她拥抱在一起热烈地彼此爱抚时的感受，此刻没有出现。

取而代之的是一种宛如亲人……犹如被姐姐或母亲温柔地拥入怀中的感觉。

难忘的记忆涌上心头，佐平次一时间竟有些哽咽。

就连阿江那充满汗臭的体味，都让佐平次想起很久以前，自己幼年时期闻到的从田中归来的母亲身上的味道。

"怎么了，哭了？"阿江的嗓音虽然沙哑了，却依旧铿锵有力，"呵呵……真像个婴儿一样呀。"

"看到你平安归来，我真是太高兴了。"

"噢。"

站岗的足轻从哨所走出来，看见二人的情形，瞠目结舌。

"这，佐平次……"那个足轻问道，"这女子是？"

佐平次惊慌失措，连忙离开阿江的怀抱。

阿江接过话来，答道："我是壶谷又五郎大人的手下。"

她不慌不忙，镇定自若。

这正是真田家忍者和别家忍者的不同之处。

足轻一听到又五郎的名字，登时端正仪态，行礼道："啊，原来如此。"

"佐平次，您现在在执勤吗？"

佐平次含羞点了点头。

"那好，那好，"阿江拍了拍他的肩头，"我有事禀报真田大人，咱们等下再好好聊聊吧。"说完便向里面走去。

"阿江小姐，我带您去吧。"

"可以吗？"

佐平次把长矛交给足轻，引领阿江向里门走去。

沿着土墙，两侧都是家臣们居住的地方，正对面是宽广的马厩。

"这是壶谷又五郎大人派来的忍者。"佐平次对里门内站岗的足轻们说道，继而示意阿江，"这边请。"

阿江虽然身为真田家的忍者，但基本上总是奔波于其他地方，所以除上州、沼田两地，别处的真田家的人几乎都没见过她。

在宅邸内，有一处区域被护城河围了起来，家臣们称之为"主殿"。也就是说，这里是安房守真田昌幸的住处。

昌幸之所以这样称呼这里，应该是沿袭了已故武田信玄在古府中建造的居所的名称。

向井佐平次将阿江带到在主殿处侍奉昌幸的家臣面前，说道："阿江小姐，一会儿见。"

"噢，佐平次，你住在这里吗？"

"我住在源二郎公子房间旁边。"

"是吗？我知道了。"

佐平次目送阿江消失在宅邸里面后，又返回了里门的哨所处。

真田昌幸闻知阿江到了，疾步走出。

这里也设计了一间和岩柜城内的居所一样的"地炉间"，紧挨着昌幸的卧室。

"哦，你回来了，好久不见了。"

"您一切都好吧？"

"嗯、嗯，让你比去年还要辛苦，真是非常抱歉。"

一国一城之主按说是不可能对忍者说出这种慰劳话的。

"你身为女辈，我真是绞尽脑汁也不知道该用什么话来赞扬你呀，所以就随意畅所欲言啦。"

阿江仅是微微一笑，说道："是这样，大人……"

"嗯？"

"首先，矢泽但马守大人有话捎来……"

"噢……你去过浜松？"

"是的。"

"先等一下。你还是先擦擦汗，吃点汤泡饭什么的吧。"

"不急，等一下吧。"

"可以吗？"

"我先向您禀报事情吧。"

岩柜城代但马守矢泽赖康遵从昌幸之命赶赴浜松，一再向德川家康请求应允上田筑城一事。

昌幸的弟弟——隐岐守信尹——也从旁暗中相助，但家康一直闪烁其词。

真田昌幸在上田筑城，对越后的上杉景胜会形成强大的牵制力。

昌幸无疑会成为德川氏的得力臂助，但此时的家康已经和北条父子确立了同盟关系。而且，这个秋天，家康的女儿督姬就会和北条氏直成亲了。借着这次联姻，德川、北条两大家族将会进一步巩固这种同盟关系。

在上、信二州的问题上，家康暂时无意跟北条父子争执，更不想在这上面耗费没必要的力气。

或许家康一心只想着为即将到来的那一时刻积蓄力量吧。

隐岐守信尹告诉矢泽赖康："之所以无论如何都不同意昌幸的请求，我想应该是北条氏从中作梗。"

北条父子此前明显对昌幸难以端倪的样子心生厌恶之情。

仅仅是攻守沼田城，北条一方就被真田昌幸抢了先。

"如果真田建了那样一座城池，那未来会怎么样……"

北条父子如此考虑，也在情理之中。

织田信长死后，北条军进军信浓之时，真田昌幸也曾说过愿与之结盟。

这是要借助北条军的力量来防止越后的上杉部队南下。

一边这样做，一边却又瞒着北条父子，暗中将弟弟隐岐守送至德川家康身边，与之结好。昌幸不正是这样做的吗？

不可有丝毫麻痹大意。

和德川停战交好如何呢？如果现在继续与德川交战，那么昌幸的上田筑城计划对北条父子无疑是巨大的威胁。

这些情况，德川家康自是心中有数。正是基于以上种种原因，所以他才会含糊其辞，不予答复的吧。

不仅如此，家康更从北条氏那里详细打听了昌幸此人，暗暗盘算着："若让这样一个男人拥有了一座新的城池，恐怕会是一个危险的开端。"

谈判由此僵了。

"请大人指示……"矢泽赖康向昌幸传话问道。

"哼！"昌幸的脸突然间涨得通红，站起身来屡屡跺脚，爆发了似的狠狠说道，"我等不下去了，我不能再等了！"

"阿江，十分对不起，明天你能再返回浜松吗？这项任务还是非你莫属。"

"遵命。"

"你跟三十郎（赖康）这样说，不必再顾虑德川、北条，找准时机，今年我要按照自己的想法，在上田筑城。"

“啊？”

“你觉得吃惊？”

“不，您真是令人敬仰。”

“没办法呀，在这乱世中只好试试看了，大不了家破人亡。”

“是。”

“不过，你要叮嘱三十郎，这件事不可以告诉隐岐守。我这个弟弟，一旦到了危急时刻，很有可能对德川比对我这个哥哥还忠诚。”

“这……隐岐守大人毕竟是德川家臣。”阿江淡然说道。

第拾陆话

戌时（晚八点），向井佐平次和接下来值勤的足轻换岗，从里门外的哨所回到了宅邸内。

现在，佐平次住在位于主殿的真田源二郎的居室近旁。

在源二郎的房间和侧廊之间隔着一间铺木地板的小屋，这就是佐平次的住处。

自从侍奉源二郎以来，一年的时间，衣物便陡增不少。

"那，这个送给你了。那个你用吧。"

一样接着一样，大刀、长矛，甚至连皮毛袜之类的，源二郎都是慷慨相送，并且总是说："这些都很适合你呀。"

房间内摆放着两个大大的箱子，里面有两件出征时穿的护身短盔甲，还有笠形盔等，把箱子塞得满满当当的。

宅邸内笼罩着经过一天日晒后留下的热气。和被高原山峰环绕的岩柜相比，这里虽属于信浓，却是酷暑难当。

"不过，和古府中就差远了。"佐平次心里想道。

夏天的古府中（甲府）因为地处盆地，夜晚时一丝风都没有，热得让人难以入睡。

佐平次往源二郎屋里看了看。

源二郎差不多要再过三天才能从岩柜回来。

确认屋内没有异常后，他又返回了侧廊。从这里走到尽头，向左一拐，就来到了走廊下。地炉间和走廊正对着——此时，阿江好像仍在那里和真田昌幸交谈。

佐平次返回侧廊，经过自己的房间后向左一拐，那里正是内宅的门口。

大门口那间铺着木地板的哨所中，有两名站岗的足轻。

其中一人问道："噢，佐平次呀？去哪里呀？"

"去冲凉……"

"快去吧。今天还是这么热呀。"

"嗯……"

"听说你刚才在里门外，和一个女忍者抱在一起了。"

"你也已经知道了？"

"什么都没有流言传得快呀。"

"她、她是我的救命恩人。"

"哦？是吗？"

"感觉就像见到了母亲一样。"

"是吗？噢……"足轻脸上突然流露出一丝慌乱，"这，这是太好了。"

"嗯，那我走了。"

"好好冲个凉吧。"

这时，另一人笑道："佐平次他在等人呢。"

"等谁？"

"当然是茂枝了。"

"别说了……"佐平次低下头嘟囔了一句，便向外走去。

身后传来两个足轻的笑声。

笑声中充满了善意。

佐平次沿着前面的板墙向左边拐去。

那里有木栅栏。但是，没有哨所，也没人站岗。

栅栏对面是宽敞的厨房、放柴火的小屋以及仓库之类的，还有一口石井。

盛夏的夜晚来这里，周围多少还明亮些。

仆人以及负责扫除、做饭的女佣还都没睡，大家舒展着劳作了一天的身体，谈天说地。

一直延伸至砥石城南的山峰，其山脊渐渐暗了下来。四处弥漫着天香百合的芬芳。

"佐平次大人……"从树林的阴暗处出现一个年轻的姑娘，向他跑了过来。

"茂枝小姐……"

两人热烈地拥吻在一起。

但从未敢越雷池一步。

尽管只是专注地接吻，但到了过于热烈之时，茂枝甚至会把佐平次的嘴唇弄肿。

源二郎总是揶揄他说："佐平次，嘴让苍蝇给叮了吗？"

佐平次认为源二郎公子是知道他和茂枝的事情的。

显然，源二郎是以善意的目光看待他俩的事。

茂枝的父亲是一名忍者，名叫赤井喜六，一年前病死了。

母亲则在她十岁时就没有了。

佐平次对茂枝十分关心，最初是觉得她与七岁就失去母亲的自己境遇相似，另一个原因则是她与抚养自己长大的婶婶同名。

那个时候，年轻男子接近少女的理由和契机，有这些就足够了。

父亲喜六死后，茂枝被带回了岩柜。

她既不是专门照料主人生活起居的侍女，也不是只干粗活的一般女佣，而是负责缝制源二郎所有的衣物，有时候也到源二郎的房间帮忙照顾一下生活琐事。

源二郎随同父亲昌幸搬至砥石时，茂枝也一起跟了来，砥石离她出生成长的真田庄也很近。

"源二郎公子还没回来吗？"

"嗯……"

"源二郎公子不在，我就能见到你了……"

茂枝撒着娇，丰满的胸部压向了佐平次。

她比佐平次小两岁。

"我也盼望见到你……"

佐平次把手伸向茂枝的乳房。

"啊……"佐平次突然缩回了手，向四周张望。

好像有人正在暗处看着他俩。

第拾柒话

"佐平次大人，你怎么了？"

"嘘……"

"那……"

"我觉得有人在偷看……"

听到佐平次的低语，茂枝非但没有胆怯，反倒有几分扬扬自得，说道："看不看又能怎样？这里谁不知道我们的事。"

的确如此。从这里的足轻、下人看自己和茂枝的眼神，佐平次就已心知肚明。

茂枝身材瘦小，肤色略黑，乳房却异常丰满。她很勤快，常说："就算两三天接连干活不睡觉都没事。"对自身的健康状况非常自信。

她的容貌说不上漂亮，但也不丑。

正因为早早失去了双亲，所以无论做什么都很踏实。她在岩柜的时候，真田源三郎也认识她，据说他还曾对弟弟源二郎说："茂枝虽说和我同年，但看上去真是不像，好像比我年长四五岁似的。"

不管怎样，就连只有十八岁，但看上去已经比较老成的源三郎信幸都这么说，所以源二郎也觉得比茂枝还大两岁的佐平次，看上去也像比她小一样。

在砥石的宅邸中，专门照顾主人衣食起居的侍女很少。

倘若岩柜是真田氏的主城，那砥石自然就是卫星城了。

城主安房守真田昌幸专心守卫此城，以防外敌侵入。

稍有差池，就会让上杉景胜有可乘之机而大肆入侵。现在的砥石，几乎可说是处于战备状态。

在宅邸中劳作的女人们，和男人一样，每天忙忙碌碌。

砥石城宅邸中的女人，大部分都是来自于真田庄。

其中，有丈夫因身为忍者而常驻其他地方的女人，也有失去丈夫的寡妇。茂枝是年纪最小的。

不过，茂枝尽管年少，但受雇于岩柜，并且是照顾被称为"若君"的源二郎信繁的生活起居，所以年长的女佣们也会对她另眼相待。

茂枝有时会给女人们下达各种指令，有时则会待在被称为"缝纫间"的铺有木地板的房间内，以惊人的速度缝制昌幸、源二郎的衣物。佐平次每每偷窥，总是不免惊叹："这哪像个十八岁的姑娘呀……"

佐平次就是一个容易被这种姑娘吸引的男子。

而茂枝也是一个喜欢这种男子的姑娘。

两人共同服侍源二郎后不久，茂枝便开始偷偷为佐平次缝制贴身衣服了。

入夜后，佐平次在房间展开衣服一看，只见其背部用黑线绣了一个"佐"字。

从那时起，佐平次看茂枝的眼神越发热烈起来。

"没人看得见。"茂枝说道，约佐平次来到树荫下。

黑暗中，天香百合浓郁的味道弥漫四周。

"好像是看不见。"

"嗯……嗯……佐平次……"

茂枝再次将汗津津的身体压向坐在草地上的佐平次。

她喘息着再次吻向佐平次的嘴唇，吮吸着。接吻还是佐平次教给她的呢，那之前的茂枝可以说什么都不懂呀。

这是佐平次谙熟的事情。不过，一旦了解了感官上的快感，茂枝就开始以少女特有的奔放，不断索求佐平次的爱抚。

年轻气盛的佐平次因而欲火中烧，手开始从结实丰满的乳房向下移动。

"讨厌，讨厌！"茂枝固执地紧闭双腿，一把推开了佐平次。

今晚，依然如此。

"我……我……"佐平次痛苦地喘息着。

若非此前通过阿江了解了女人的身体，现在的佐平次或许不会这么痛苦。

然而，阿江曾带着受伤的佐平次满山遍野地奔走，让他充分了解了男人的本能。

这样一来，禁欲就十分痛苦了。

对年轻人来说，禁欲本该是可以控制的事情，如果没有茂枝，佐平次或许便不会这般痛苦难挨。

据说茂枝很早以前就想求源二郎允许他们两人结婚。但此事该由佐平次提出才行，他既然不说，茂枝就不肯以身相许。

"讨厌，讨厌……"茂枝起身逃开了。

佐平次剧烈喘息着向石井走去，疯狂地往身上浇水。

厨房熄灯了。

刚回到主殿，里门门口的足轻便说道："这么久呀，佐平次……"

"是吗？"

"等着你了吗？"

"谁？"

"茂枝呀。"

"不知道。"

身上的汗退去了，佐平次只觉得精神一爽。躯体上密密落满的水珠，仿佛能把身体冰冻一样。

阿江小姐还在真田大人那里吗——现在，他满脑子是这件事。

方才阿江出现在里门时，两人拥抱在一起，丝毫没有情欲掺杂其中，但现在佐平次是如此渴望阿江那结实、充满肉欲的身体。

他的脑海中又浮现出茂枝的影子。

"难道……只要是女人的身体，不管是谁都行吗？我怎么这么令人讨厌呢。"他觉得自己变得下流无耻了。

此时，阿江已经离开了"地炉间"。

"一会儿见，好好聊聊。"阿江刚才这样说完后，就去了真田昌幸处，到现在还没给佐平次任何消息。

"如果阿江小姐听说我在这里，一定会偷偷来见我的。"佐平次如此一想，更觉得热血沸腾，难以入眠了。

第拾捌话

为了保卫砥石，保卫真田庄，保卫岩柜，无论如何都要去上田。

"喂、喂……"

窗口传来一个男人的声音，佐平次猛然惊醒。是在里门站岗的足轻的声音——他跟昨晚的足轻交接班了。

"啊……"佐平次一跃而起。

"喂，佐平次，看看几点了？马上就辰时（早八点）了。"

"真的？"

"源二郎公子不在，没人看见也就算了。你快起吧！"

"对、对不起！"

"真田大人找你呢。"

"找我？"

"嗯。催你快去地炉间呢。"

"是、是吗？"

佐平次赶紧用布抹了把脸，整理了一下头发、衣服，向廊下奔去。

果真日上三竿了啊。

“真田大人找我干什么？”

这是从未有过的事。

他走到地炉间外面的走廊，报道：“佐平次到。”

“进来！”真田昌幸说道。

“是。”

昌幸狠狠瞪着走进来的佐平次，问道：“睡过头了？”

“是……不是……”

“觉得源二郎不在，就可以懈怠了？”昌幸厉声斥道。

他唯有低头认错：“对不起。”

“你现在去岩柜，喊源二郎回来。”

“是。”

“还有……”昌幸闭上眼睛，不太情愿道，“让源三郎跟着回来。”

“是，我这就……”

“且慢！”

“啊？”

“阿江昨晚走了。”

“哎？”

佐平次一副无法相信的样子。见状，昌幸总算露出了笑脸——

“阿江向我拜托了你的事情。”

“啊……哦。”

“佐平次。你和这里的女人关系亲密呀。”

“啊？”

“我听阿江说了。”

佐平次脸色苍白。阿江是如何知道茂枝和他的事情的呢？

"是茂枝吧。"

"嗯……"

"阿江求我允许你们成亲，是你拜托她这样做的吧？"

"我……"

"好了，就随你的心愿吧。"

佐平次几乎没有开口说话的机会。

"好了，去吧！告诉源三郎、源二郎，让他们赶紧回砥石来。"

走出长廊，佐平次茫然不知所措。

"昨晚和茂枝说话时，总觉得有人……难道是阿江在看我们？"

的确有可能是阿江。

即便如此，昨天的事情仍犹如梦境一般，虚无缥缈。

阿江可能是带着新命令，马不停蹄地回去了吧，连一个晚上都没能休息。

"就算是那样，她也太过分了吧。"

和茂枝成亲的这件事情也是……虽说被茂枝深深吸引，但佐平次不过二十岁，压根儿就没有成家之念。

向井佐平次脸色苍白，眼中含泪地做好去岩柜的准备，而后去了马厩。

在马厩前早有小厮牵出马等着了。

还是源二郎教会他骑马的呢。

佐平次翻身上马，从里门疾驰而去。

佐平次离开后，真田昌幸一直待在地炉间，没有出门。

他面前摆放着几幅图——是打算在上田修筑的城池蓝图。

昌幸昨晚对阿江说："请转告壶谷又五郎返回砥石。"

昌幸现在计划修筑的城池不是"山城"——是台地之上的城池，而非高山之上。所以，那不是一座只具备防御功能的城池。

城池中充满了昌幸的欲望。他要效仿向来仰慕的武田信玄——进驻上田之后，跟防守相比，更重要的是进攻。

昨晚之前的昌幸犹自困惑不已。

对家康、北条这两大势力，他决定不离不弃，妥善处理；同时更要着手筑城，以防御越后的上杉景胜。

眼下，德川家康是不会同意昌幸的热切要求的。

昌幸之所以敢无视这一切，执意筑城，就是因为昨晚阿江带来的消息。

当昌幸听到为请求筑城前往浜松的岩柜城代矢泽赖康因与德川的谈判陷入僵局，催促昌幸下达指令时，勃然大怒，所以横下心来。

"为什么就是不同意我筑城呢？"

"如果家康痛快地说'筑城吧'，那我定会为家康夺取天下大业，粉身碎骨，在所不惜，可是……还有像我这样的盟友吗？家康为什么犹豫不决呢？"

据壶谷又五郎说，筑前守羽柴秀吉在贱岳至越前北庄之战中大胜柴田胜家，德川家康已送去诚挚热切的祝贺。

"不可靠的家伙！"

昌幸渐渐对家康心存戒备。虽然通过弟弟信尹转达了自己的赤胆忠心，但心里仍感觉一旦到了危机时刻，是不能将身家性命托付于家康的。

根据又五郎探得的消息，家康在信长死后蠢蠢欲动，企图夺取天下。

这其实是一目了然的事了。

因经略甲州而实力倍增的家康，最近这段时期更是亲自前往甲州，以期使政策完美无瑕。据说，德川家康目前把浜松作为本城（大本营），同时日夜兴建其他所属地域，以加强防御和戒备能力。

与此同时，还特意派使者去羽柴秀吉处恭贺。

"此次大获全胜，真是可喜可贺呀！"

曾经多年在武田信玄身边供职的真田昌幸，对家康目前的心理揣摩得毫厘不差。

以前，织田信长对信玄就是这样。

据昌幸观察，秀吉与家康之间的战争已经时日不远了。

家康的势力无论如何都还波及不到东信浓。

就要趁此良机，完成筑城大计。

不管怎样，如果以砥石为最前线来抗击上杉景胜侵略的话，昌幸总是觉得心里没底。

为了保卫砥石，保卫真田庄，保卫岩柜，无论如何都要去上田。

那不是"出城"①——

是要在上田建立"本城"！

真田突然冲出地炉间，大喊："备马！"

此刻，他特别想去看看为筑城已经去过多次，检阅过多次的上田。

不仅仅是要筑城，还要在那里建起真田的城下町，招徕各处商人以富足自身财力——这些都必须列入考虑的范畴。

---

① 离开中心城堡而设置的城堡。

第二章　角兵卫出奔

第壹话

睡梦中，好像把棉被给蹬了。

时下，秋意已浓。地处上野吾妻山中的岩柜，深夜时的气温竟犹如冬日一般。阵阵寒意之下，樋口角兵卫不觉从梦中醒来。他冻得全身发抖，赶紧把棉被拽过来盖上。

角兵卫十三岁了，相当于现在的十二岁，和去年其父（樋口下总守）跟随武田胜赖自刎的消息传到岩柜时相比，又长大了一圈。

角兵卫原就身强力壮，看上去完全不像十三岁的少年。

前些日子，代替父亲安房守昌幸驻守城池的真田源三郎曾说："嗨，阿角，过来我们比比个头吧。"一比之下，他不禁愕然，"呀，你竟然比我高一寸，真是个令人吃惊的家伙！"

这一年中，角兵卫漫山遍野地跑，锻炼身体，还央求家臣们教他如何使刀舞矛，认真学习，或许正是因为这样，体质才变得如此好吧。

角兵卫的体温还很高。

即使是严冬，他也仅需一床棉被，就算这样，还是经常全身汗水淋漓。他曾对源三郎说："如果不伸出脚趾，就睡不着。"

一不留神，角兵卫的睡衣便褪下了一半。

这样一来，身上便觉得冷了。

他裹好棉被，正准备接着睡时，突然听到对面母亲久野的房间窗户传来一个女人的声音，但不是母亲。

"怎么回事？"角兵卫心想。

传来的是真田昌幸的妻子山手殿的声音。

"这个时候来干什么呢？"

山手殿的声音似乎是在强压着某种感情，不知为什么听上去只让人觉得紧张不安。

此时已是深夜了。

看来，此事非同小可——角兵卫心想。

"这……是真的吗？真不敢相信呀……"母亲的声音。

母亲久野是山手殿的妹妹，所以，山手殿就是角兵卫的亲姨母。

"真的。"

"怎么会……"

"让人难过吧？你也……应该觉得难过吧？"

久野沉默不语。

"这个男人，真让人头痛！"

山手殿的声音充满了愤怒。

角兵卫屏住呼吸，从床上坐起身来。

"听说他把那个女人藏在砥石附近……哦，就是以前那个女人咽气的那处宅子里。"

——藏起来的女人是谁呢？死了的女人，又是谁呢？

"我，忍了。"山手殿说道，"偷藏女人也就罢了，不过那个女人腹中的孩子，我是绝不会放过的。"

"啊？这、这是真的吗？"

"听说已经有身孕了。"

"啊？"

"如果那个女人生下男孩，大人的态度会变得怎样？随便想想就知道了——那样一来，源三郎必定会颜面尽失。"

面对越说越激动的山手殿，久野无言以对。

"你没生孩子，这是最重要的。如果你也生了大人的孩子……如果是男孩，就算是我妹妹，我也不会饶恕你。"

"不会……我，我已经……"

"是吗？如果敢再那样，你就麻烦了。"

"是，我知道了。"

角兵卫只觉得心慌意乱。

难道是因为偷窥到了意想不到的秘密？

母亲好像曾经有过姨夫的孩子——他总有这种感觉。

那好像是以前的事情了，现在母亲和真田昌幸之间的关系，如她所说，已经结束了。

不过，姨夫在砥石附近的住所中藏着一个女人，而且还已有身孕，会生下那个孩子……

"久野，你也不知道那个女人的事情吗？"

"我怎么会知道。"

"哼！"

"夫人，您怎么知道的这件事？"

山手殿听了，似乎露出一丝淡淡的笑容。

"大人轻视我的存在，殊不知我也是有盟友的。"山手殿说道。

"夫人……"

"久野，这件事绝不可以对别人提起，知道了吗？"

"是。"

"这才是我的妹妹。从今以后，不论什么事，如果再背叛我，都会很麻烦。知道了吗？"

山手殿的声音似乎饱含姐妹深情。

可以说，角兵卫从来没听到过姨母山手殿如此温柔地说过话。当然，山手殿也几乎没有对角兵卫做过什么心术不正的事情，也未曾斥责过他。

非但没有，山手殿还曾几度对角兵卫说："总觉得将来可以依仗你。"

早在武田氏尚未衰败时，只有九岁的角兵卫就曾驯服过烈马，那副倔犟逼人的气势，或许可以看做是能依仗的吧。

在那以后，山手殿又反复说过："希望你能成为真田家长子源三郎的左膀右臂。"

自那时起，角兵卫便开始陆续收到姨母送的漂亮的纸牌呀、衣服呀，有时候还有装饰豪华的短刀，好像都是从京城送来的。

那个时候，山手殿的态度和声音充满了威严，全然没有一点温柔之气，但角兵卫以孩子的直觉，察知了她的信赖。

当时，父亲樋口下总守尚在人世，是武田胜赖的家臣。角兵卫本应在父亲死后继承家业，服侍武田胜赖的。

真田氏也曾是武田麾下的武将，所以山手殿说："我们都是为武田氏效命的亲人，希望你无论何时都要和源三郎站在一起，做他的左膀右臂。"

所以，角兵卫对山手殿没什么反感。

山手殿对自己的信赖和欣赏，从少年时代直至现在，都是他引以为豪的事情。

角兵卫也喜欢姨夫真田昌幸。

至少，昌幸看上去对角兵卫比对长子源三郎还要关心。昌幸就是昌幸，做这些，只是想让角兵卫亲近次子源二郎。

从岩柜迁往砥石时，昌幸不断劝说角兵卫："怎么样？源二郎要和我一起去砥石了，你不去吗？"

见状，山手殿断然替他拒绝道："角兵卫还是待在岩柜较好。"

而且，角兵卫似乎喜欢源三郎胜过源二郎。

或许是因为真田昌幸把所有的爱都给了源二郎信繁，角兵卫那种少年特有的羡慕渐渐转变成一种嫉妒了吧。

不久，山手殿就离开了久野的房间。

侍女们都被支开了。

她们完全没在意角兵卫，大概是认为他已经入睡了吧。

久野把山手殿送到走廊，回来打开窗看了看。

角兵卫假装打起呼噜。

关上窗户，侍女们从走廊那边走来，听动静是在服侍久野睡下。

角兵卫的兴奋状态似乎一时半会压制不下了。

角兵卫反复琢磨着山手殿说的那句——如果那女人生个男孩……源三郎必定颜面尽失。

对少年角兵卫来说，这句话所隐藏的不寻常的含义，是令人不安的。

"为什么生个男孩，源三郎哥哥会有麻烦呢？"

他百思不得其解。

源三郎、源二郎兄弟本来是角兵卫的表哥，但角兵卫已经习惯称呼二人为"哥哥"了。

侍女离开后，久野似乎并未躺下，而是陷入了沉思。

母亲的叹息声传到了角兵卫的耳中。

"真田家族里好像有很多我不明白的事呢……"

角兵卫想得累了，便再度沉沉睡去。

第贰话

翌日清晨。角兵卫醒来时，听到岩柜城池内传来急促的脚步声和说话声，看到全副武装的武将骑在马上，接连不断地从城门飞奔离去。

天空晴如明镜，万里无云。尚未凋零的红叶染出了漫山红褐，恋恋不舍地搂着峰峦。强劲的风吹起了落叶。

母亲久野对起床的角兵卫说道："好像要开始打仗了，还是早作准备……"她的眼睛又红又肿。

"母亲大人，您的眼睛……"

"昨晚没睡好……"

角兵卫垂下眼睛。

"角兵卫好像睡得很香呀。"

"是呀，但老是做梦。"

"哦？梦见什么了？"

"梦见死去的父亲大人了。"

“你父亲怎么了？”

“我记不清楚了。”

角兵卫说完就向源三郎信幸的房间跑去。

源三郎正让家臣帮忙穿盔甲。

“嘿，阿角！”

“哥哥，要打仗了？”

“不知道，听说是这附近的家伙们闹事。”

吾妻郡的豪门望族基本上都臣服于真田氏了，但有时也会突发些骚乱。

这些豪族没有正确的情报来源，因此，他们无法准确了解织田信长死后的天下形势，以致受了关东北条氏以及越后上杉氏的煽动，打算趁机动乱。

“没关系，不是什么大事。”源三郎依然沉稳冷静，“阿角，无论怎样，上战场前得先吃好饭呀。”

依旧是温暖人心的笑容。

角兵卫觉得源三郎信幸就像亲哥哥一样。

源二郎信繁看角兵卫的眼神总是充满了揶揄嘲讽，还经常拿他开玩笑，说什么“你这个大饭桶”、“阿角，你可别变成一个只有蛮力的优秀大将哟”、“你脑袋里好像少点什么似的”等，所以角兵卫打心眼儿里讨厌源二郎这个哥哥。

源二郎随父亲昌幸去了砥石后，他更是决心要亲近源三郎了。

源二哥哥再也别回岩柜了才好呢——他心下暗想。

“哥哥……”

“什么事？”

"我有点事想和您说。"

"你……这么郑重地要和我说话？"

"是。"

"什么事呀？"

"嗯……"

"嗯什么？"

"我想只和你一个人说。"

"那过一会儿吧，我现在正忙着呢。"源三郎微笑着道。

角兵卫想跟源三郎说的正是那件事——

"如果真田氏再诞生一个男孩，为什么会让源三哥哥蒙羞呢？"

他忍不住要开口问这件事。

"阿角，快作准备！马上要出发了！"

"是。"角兵卫赶紧跑过走廊，回去对母亲喊道，"母亲，我的铠甲……"

久野顿时愕然，问道："你也要去打仗？"

"放心吧，只是说让我作准备。"

"源三郎说的？"

"嗯。"

三丸处传来了紧迫的人叫喊声、马的嘶鸣声，站在这里就可以清楚地听到。

岩柜城代但马守矢泽赖康早已全副武装，登上本丸的城楼，指挥城池的防御戒备工作。

阿江一从砥石返回浜松，矢泽赖康就立刻赶往砥石。与真田昌幸密谈结束后，又立刻返回岩柜。

"但马！"真田源三郎一边喊着一边登上城楼。

"哦，源三郎公子呀。"

"听说羽尾从丸岩城出兵袭来了。"

"对。"矢泽赖康丝毫不见慌乱之色。

丸岩城是长野原横壁西南方的一座山城，位于岩柜城西约四里处，本是羽尾幸全的领地。自去年天下大乱以来，此地曾由汤本、镰原、西窪等处的各位大将轮流把守，确保信州砥石和上州岩柜间的交通要道安全畅通。

信长死后，真田昌幸提议和各大豪门望族联合起来，共同发展，大家成功结盟。但是，今年入春之后，羽尾幸全的遗孤源六郎率兵攻打吾妻郡，夺下了丸岩城。

羽尾氏以前曾联手原岩柜城城主斋藤宪广，一起抵御武田信玄对吾妻郡的军事活动。在岩柜城被真田幸隆攻下之后，他便逃到了越后的上杉谦信那里。

羽尾源六郎这次之所以能成功挺进吾妻，正是背后有上杉景胜的支援。

在源六郎来看，吾妻本就是他祖先的土地。

夺回这里，重振羽尾氏——源六郎被这种热情燃烧着。这一点，可以说与当年因企图夺回沼田城而死于真田昌幸手下的沼田平八郎如出一辙。

"不能再等砥石的父亲大人下达指令了。"源三郎站在城楼上小声嘟囔道。

第叁话

羽尾源六郎集合北信浓高井郡的豪门望族们，经由须坂、菅平，越过鸟居山口，侵入吾妻。

上杉景胜适时地给羽尾势力各种援助，而且紧随其后投入了大量兵力，似乎打算从后方袭击真田势力。

羽尾源六郎竭尽所能。若不牢牢守住丸岩城，他就可能被上杉景胜抛弃。

景胜沿着千曲川不断进攻。如果从正面攻击真田方，只要真田昌幸本人稳居砥石，他就没有一丁点儿乘虚的机会。所以，他决定从北方的高原地带出发，以岩柜为目标行动。

羽尾源六郎起到的应该是先锋作用。同时，上杉景胜不断向靠近上田的虚空藏山据点增兵，以此牵制真田昌幸。

昌幸同样是拼死一搏。他一边抵御着上杉的侵略，一边马不停蹄地着手上田筑城之事。为此，他甚至从岩柜调集了约一千兵力来到砥石，投入砥石的工程、战事之中。

沼田城的兵力不可削减。

"我真想分身有术呀！"昌幸不禁叹道。

这年夏天……

将源三郎、源二郎兄弟从岩柜紧急召来后，昌幸当着源三郎的面，直截了当地说："把岩柜交给你一个人，我真是不放心呀。"

岩柜城代矢泽赖康当时尚未从浜松返回。所以，昌幸喊来了曾担任砥石城代的池田长门守，吩咐道："你去岩柜辅佐源三郎吧……"

闻听此言，源二郎忍俊不禁，源三郎则是微笑不语。

"你这小子，有什么可笑的？"

"长门守大人去岩柜，那还不是一样，父亲？"

"什么意思？"

"危急时刻下指令的还是哥哥呀。所以，这是无用功。"

源二郎常说十八岁的源三郎信幸可以出色指挥一切，守卫好岩柜，没有任何不足之处。昌幸把池田长门守喊到跟前，就此询问意见："你觉得呢？"

长门守一听，笑道："我在砥石太久了，就算是去了岩柜，也不知道该做些什么。"

昌幸只听得愁眉苦脸，他对这件事确实是思忖良久了。

最初把源三郎叫到岩柜时，他就说过："矢泽赖康回来之前，由你代替我保卫岩柜。"他当时就是这样合计的。

但一涉及源三郎的事情，昌幸好像不鸡蛋里挑骨头地折腾上一番，就总是觉得心有不甘似的。

源三郎深知岩柜城的作用，对吾妻高原一带的地势也是了然于心。

而池田长门守此前几乎没去过岩柜。

向井佐平次无意中曾听源二郎说过，源三郎信幸在十二岁时，就完成初次上阵了。

"我说，佐平次，听说那次哥哥未取敌人一颗首级。呀，这就是哥哥了不起的地方。我在丸子战役时，首次上阵，虽取了敌人首级，但对有大将风度的人来说，敌人首级之类，都是些无关紧要的事情。现在我终于明白这一点了。"源二郎如此说道。

这些话的意思，直到现在，佐平次也不明白。

"我还是觉得初次上阵便能取敌人首级的源二郎公子更了不起……"佐平次心想。

说起源三郎的初次上阵，那是天正五年的事了。那时，无论是武田胜赖还是织田信长都还在世，信长刚刚在近江建好安土城。

武田氏在长筱之战败北后，仍未放弃进军东海地区，再加上和德川家康之间的小战役连绵不绝……或许就是因为这些，源三郎才得以在那些小规模作战中上阵的吧。

真田昌幸听到源三郎连敌人的一颗首级都未取回，顿时勃然大怒，呵斥他道："我在战场上时，就算打着盹都能杀敌！"

源三郎平静地答道："我仔细观察了整个战况。"

乍听此言，昌幸正欲发火，突然神色凝重地沉默下来，只说了一句："嗯……好了，出去！"一挥手，放过了源三郎。

丸岩城被羽尾源六郎抢走，大致是在春天的时候，所以这不是源三郎的责任。不过，如果继续置之不顾，上杉景胜不可能不向吾妻投入兵力。

这样一来，岩柜、砥石之间的联络很有可能就中断了。

　　昌幸深感忧虑。虽然担心，但上田筑城一事仍是日夜兼程，马不停蹄地进行着。

　　从附近召集人马做工，士兵们也满身泥泞地做工。昌幸自己带头运石头、挖土。

　　木工里有武田氏灭亡后从甲斐来投奔真田昌幸的人，也有从信浓深志邀来的人，还有当地的人，总之是集合了一切可以集合的人力。

　　"快！快！"昌幸率领部队，离开砥石，连晚上都几乎不离筑城工地半步。

　　天空仿佛被火把、篝火的光亮给烤红了。就在这种战争一触即发的状态之下，工程顺利地进行着。

　　越后的上杉景胜也第一次掉以轻心，竟然没有出兵。

　　羽柴秀吉在越前北庄成功讨伐了柴田胜家后，又联合丹羽长秀等人防备北方，同时威吓上杉："讨伐柴田胜家之时，你方约定会出兵来助，何以迟迟不来？"

　　如此一来，上杉景胜就无法只顾及信浓之地了。羽柴势力一方面压制北陆一带，一面还努力向越后一带扩张，景胜不得不应对这些。

　　天下之事，无疑是更加变幻莫测了呢。

　　壶谷又五郎带领的忍者们，接连不断地把情报送到砥石。

　　其中之一就是……织田信长的三子信孝自杀了。

　　信孝和柴田胜家结为同盟，企图战胜羽柴一方。后来，他看似臣服于秀吉，实则仍固守岐阜城不放。而信孝之兄信雄（信长的次子）则与秀吉结为同盟，四月末时率兵攻入美浓，包围了岐阜城。

　　柴田胜家败北的消息传到岐阜之后，信孝的家臣们大多弃城而逃，藏匿起来。

这时，信雄命令信孝：“交出城池，搬去尾张的内海！”

事到如今，他是无力反抗兄长的，所以就按兄长所言，离开城池，迁至尾张。

紧跟着，信雄又命令道：“你切腹吧！”

这同样是无法忤逆的命令。

二十六岁的信孝走进野间的大御堂寺，切腹自裁了。他临死前咏唱的歌流传下来了——

羽柴筑前守啊，你重现了此地的弑主之事，迟早会遭报应的！①

信孝为信长的侧室所生，父亲横死之后，立场似乎更不利了。壶谷又五郎曾评价他说：“智勇双全，将来必是军中出类拔萃的领袖之人。”羽柴秀吉正是因此方要杀之而后快。

---

① 野间的大御堂寺是平安末期著名武将源义朝被暗杀的场所。

第肆话

而且……泷川一益也被秀吉降伏了。

一益固守着伊势长岛城迎击，柴田胜家、织田信孝一旦灭亡，那他就是绝对的孤军奋战了。

秀吉劝一益最好在伊势的神户待着，没有置他于死地。

真田昌幸听后，赞道："果然如此，不愧是秀吉所为。"欣喜万分，数次颔首。

虽说泷川一益被驱逐出了上州，昌幸仍旧十分欣赏他的为人品性。

一益返回了故地——伊势。他曾那般英勇善战，让秀吉倍感棘手。秀吉能这般对待一益，让昌幸慨叹不已。

这说明他和秀吉对一益的看法是一致的。

此时的昌幸想必对秀吉好感倍增。

后来，秀吉给了一益三千石俸禄，让他退隐到越前的大野，却给了其次子一时一万两千石。

泷川一益在三年后的秋天去世了。此间，真田昌幸多次派使者前往越前大野，诚挚地问候在那里孤独度日的一益。真田和一益之间这种不可思议的友好关系，日后也会开花结果。

夏天行将逝去之际，上杉景胜亦臣服于秀吉脚下了。

这让昌幸相当焦虑——如此一来，景胜反而增强了再次入侵东信浓的力量。

现在，羽尾源六郎前来进攻，难道不是一种迹象吗？

在丸岩城北面山麓向吾妻溪谷凹陷的地方，也就是吾妻川对岸王城山山脚下，有真田氏的出城——中棚据点。

这是为了牵制丸岩的敌军而设的。羽尾源六郎在某日的拂晓时分，率兵渡过吾妻川，攻了过来。

据点尚未被攻下。

真田军誓死保卫此处。

使者从据点赶到岩柜报告了敌人突袭的消息，也就是在这之后不久，樋口角兵卫就睡醒了。

真田源三郎下令："做好迎战准备！"随后率七百官兵，向城代矢泽赖康请求道，"请让我前往中棚！"

赖康拒绝道："不行，我去！"

"城代怎么能离开城池呢？别再争了！"

"但是……"矢泽赖康很担心身为真田家世子的源三郎信幸会有何不测，却又觉得，"源三郎公子去的话，其实真没什么可担心的。"

赖康对源三郎有一种奇妙的自信。

而且完全不需要理由。

　　这是赖康从平日里和源三郎接触时留下的印象中得来的。在赖康眼中，源三郎完全不像十八岁的年轻人。

　　而且，矢泽赖康虽然身为城代，也的确尽着城代的职责，却完全没有城代的感觉。"岩柜的城代是源三郎公子呀……"这种念头总会不知不觉间涌上他的心头。

　　源三郎对赖康的行为也从不横加干涉。事关重大时，赖康一定会请示源三郎："这样好吗？""怎样才能妥善处理呢？"可谓谨小慎微。然而，到目前为止，源三郎从未说过任何类似于不满的话。

　　"按照城代大人的决定好了……"源三郎所说的，仅此而已。

　　只是发生小规模战争时，他总会说："让我去吧！"

　　或许是考虑矢泽赖康无论何时都该作为城代留守在城内吧。

　　赖康深切体察到源三郎的心意。

　　那是很久以前的事了。赖康对身为沼田城代的父亲——萨摩守矢泽赖纲——抱怨道："真田大人总是不认可源三郎的出众天分。"

　　听到儿子的抱怨，矢泽赖纲说道："别说傻话了……"苦笑一下，没再理会儿子的抗议。

　　"看上去就是这样。"

　　"或许是你看错了呢。"

　　"是吗？"

　　"现在开始，要学着用'心'去看事情。"

　　"但是……"

　　"别说了！你作为岩柜城代，就算是对自己的父亲，也不该随随便便说这种话。一定要谨慎行事！"

　　矢泽赖康虽被父亲训斥了一番，但仍没动摇自己的看法。

“难道大人打算把家业交给弟弟源二郎信繁来继承吗？”

矢泽赖康与源三郎并肩站在城楼之上，俯视七百官兵作着战前准备，脑海中突然掠过这样一丝不安。

源三郎既然身为真田昌幸的长子，无论昌幸多么宠爱源二郎，都不能把一家之主的位置交给源二郎。

虽说不能，但……

矢泽赖康的不安挥之不去。

“那么，我们出发了。”

源三郎的声音把赖康拉回现实。

只听得他对家臣说道：“如果角兵卫准备妥当了，就带他上阵。我想这次就让他完成初阵！”

第伍话

很快，真田源三郎就带七百余将士官兵出了岩柜城门。

樋口角兵卫和源三郎并驾齐驱。

角兵卫身着真田昌幸送给他的护身盔甲，是用各种穿甲绳连缀在一起的，这副华丽的装束使他的初次上阵格外显眼。

而且还头戴头盔，横跨马上，这本是成年士兵才有的装备，所以怎么看都不像个十三岁的少年。

角兵卫腋下挟长约两米、直径约三公分的铁棒，初上战场的兴奋让他满面通红。

"阿角，不要离开我半步哦。"源三郎对他笑笑，"没有我的命令，也不可以挥动铁棒。"

"啊……"

角兵卫平日里最喜欢耍铁棒了，一天能挥上几百下，乐此不疲。

"如果不听我的话，我就不喜欢你了哟。"

"可是，哥哥……"

"好吗？"

那顶锥形铁头盔的下面，源三郎的一双眼睛尖锐地盯着角兵卫。

角兵卫第一次看到源三郎流露出如此可怕的眼神。

源三郎身上穿的是近年来在武将中间流行的黑色南蛮护身盔甲，所以看上去也不像个十八岁的年轻人。

从岩柜到中棚的据点有四里多路。

吾妻川沿边的道路宽约四米，如果有敌人伏击，确实不好对付。

源三郎把三分之一的军队分派至吾妻川的河滩边上。

沿着河滩行军，速度就慢了下来。

源三郎命令道："别急，慢慢走！"

溪谷两侧除了山还是山。

大雾弥漫，转眼间就看不到向河滩移动的士兵的身影了。

源三郎快马加鞭："角兵卫，紧紧跟着我！今天只需要看看作战是怎么回事就可以了。"

"是。"

角兵卫似乎心存不满，但说到底是愿意顺从源三郎的。

大约走了一里，雾终于慢慢散去了。到达河滩宽广的上乡周边时，源三郎信幸下了一道命令："派兵侦察！"

约十名侦察兵骑马离开。

暗淡的日光照到山谷间。

"喊藤兵卫来！"

一部分士兵沿河滩继续行军。

源三郎喊来部将高森藤兵卫，说道："侦察兵送来消息之后……"

"啊？"

“你从燕城垭口下方，沿山脊进攻丸岩城。”

“您说什么？”藤兵卫简直不相信耳朵。

“这条路应该是通的。”

“是。但当务之急是中棚的据点呀……”

“那里我来负责。我并不是说要攻陷丸岩城。如果进攻中棚的羽尾军队看到我们的士兵沿着低处的山脊向丸岩进发，他们是不可能坐视不管的。”

“哦……”

“明白了？”

“明白了。”

“好！出发！”

“遵命！”

高森藤兵卫率领二百余人，登上了南面的山路。

这是一条可以俯瞰吾妻川低处山脊的小路，官兵们一边攀登，一边做出要进攻丸岩城的样子给敌人看。

丸岩城的羽尾军队接近两千，其中半数都在攻打中棚的据点。

而保卫中棚据点的真田军队只有近三百人。

“好！出发！”

源三郎一蹬马腹，从河滩跃上了山路。

“驾！”这是他第一次大喊。

角兵卫健硕的身躯开始不停颤抖。牙齿和牙齿不停地打仗，声声作响，连角兵卫自己也意识到了。

“我怎么会这么懦弱……”

他暗暗自责，但也并非因为临近战场而害怕。

此刻，角兵卫斗志昂扬。

虽然知道有战死疆场这回事，但他并未亲眼目睹过。

跑在前面的源三郎回头看看角兵卫，意味深长地笑了一笑。

"打起精神，角兵卫！那样就好了！"源三郎雄姿英发，"这可是你初上战场的状态呀。"

"是！"

不知为何，角兵卫只觉得是受到了赞许，一时斗志昂扬。

"为了源三哥哥，我什么都可以做。今天就是为了哥哥战死沙场都可以。"他暗暗下定了决心。

据说，若以角兵卫这样的年纪初上战场，年轻人是不太会有对死亡的恐惧感的。

但是，角兵卫的身体依然抖个不停。

的确是骑在飞驰的马背上，但那种颠簸和这完全不同，他自己也心知肚明。

"这是武将的颤抖吧……应该是的。"角兵卫决定暂且这样认为。

两个、四个……侦察兵回来了。

敌人似乎没有余力迎击这面了。

他们从三面保卫中棚据点，正在进行猛攻。

"据点还未陷落。"

"好！进军！"

中棚据点的兵力很少，只能全力防守。

这样的话，还来得及——源三郎心想。

裸露的山地逼仄两侧，沿河滩行进的士兵也登上了山路。

源三郎决定亲自指挥由五十人组成的步枪队。

岩柜的步枪只有这些，现在全部都带来了。

真田家的步枪，大部分都被真田昌幸运到了砥石。

昌幸不仅要抵御上杉军队的进攻，还得着手上田筑城，所以就把真田氏的武力、财力都转移到了砥石。这或许不是他的本意，但据说他确曾说过"为了上田筑城的大业，就算岩柜陷落也在所不惜"这样的话。

闻听此言的岩柜家臣们好像颇有微词，议论不断——

"大人真是下决心干到底了。"

"再怎么说，这里毕竟有嫡子源三郎公子和山手殿呀……"

第陆话

顺着山峡间的道路奔驰了约一里的路程……

南侧的河滩逐渐宽广起来。

源三郎率领步枪队下到河滩处。

中棚的据点在半里之外的河对岸。

来到这里，隔着溪谷就可以听到对岸的战斗声。

除了步枪队，源三郎还调了两百兵力来到河滩，把剩余的三百兵力留在了山路上，交由部将服部七左卫门。

"勇往直前！一旦我赶到，要为步枪队创造射击空间。"

"遵命！"服部抢起长矛，对二百持长矛的士兵大喊一声"冲啊！"义无反顾冲了出去。

敌军现在已经能够看到源三郎等人下到河滩处了。

他们当然也预测到岩柜会出兵救援，只是原本计划在援兵到来之前就攻陷中棚据点的。

羽尾源六郎率千余名主力军团攻了过来。

据说，此时的丸岩城，约剩近五百名羽尾军。

也就是说，羽尾源六郎瞅准了岩柜城的机会，决心全力以赴攻下中棚的据点。

因此，当他听说真田军的认旗①在对岸山脊处连成一片，正向南进发时，不禁"啊"的一声，大惊失色。

毕竟，岩柜的真田军摆出一副就算牺牲了中棚的据点也要攻下丸岩的劲头。

这样一来，就变成真田军队抓住羽尾军队进攻中棚的时机，试图夺取丸岩城的局面了。

"不行！"羽尾源六郎惊慌失措。

"攻下中棚的据点只有一步之遥了。"他心下盘算着。但若要继续进攻，则不仅要利用山的斜面围起屏障，周遭建起战壕，加上两三重的防御，还得将敌方战壕逐一摧毁、夺下，如此折腾一番，羽尾军将付出难以想象的代价。

这恐怕会有些承受不住……

不过，现在稍作休整的话，中棚据点也会岌岌可危。

羽尾军队攻下了第三道、第二道城门，渐渐逼近第一道城门。恰是此时，羽尾方的侦察兵报称："岩柜的真田部队正向丸岩进发。"

丸岩城若被攻陷，夺下中棚就毫无意义了吧。

只会成为敌军堡垒中的孤军。

"撤退！撤退！"

羽尾源六郎急忙下令。

---

① 日本古时插在铠甲背后、用作战场标示的小旗。

沿着山腰攻上来的羽尾军纷纷问道："为什么现在必须撤退呢？""胜利近在咫尺了呀……"

很遗憾，别无他法。

无论如何，离开岩柜的真田部队毅然舍弃了中棚，突然杀向了羽尾的大本营。他们完全不知道进军丸岩的真田军只有两百余人。真要进攻丸岩，怎么也要上千的兵力才行。

在羽尾军队全军撤退时，真田源三郎带领部队到达了战场。

不，在源三郎之前，服部七左卫门的长矛军队已经先行到达。

"嗨！嗨！"

"噢！"

全军齐喊口号，冲了上来。

"那里！"

服部冲锋在前，攻向羽尾军队，势如破竹。说到底，这两军的战场是山峡之间。所以交战就像煮饺子一样，乱作一团。

这样一来，熟悉周边地形的真田军就占了优势。而且，他们都是跃跃欲试的生力军。

"啊！"

三百名真田士兵呐喊着冲了上来，在羽尾一方听来，那就如同是有五百人甚至七百人。

"我们的战友！"

"还来得及！"

"不愧是源三郎大人！"

兵力减半却坚守城堡的真田军一时间纷纷大喊道："不能放过一个敌人！"而后便打开城门，冲了出来。

正在这时，源三郎信幸出现在了河滩上。

敌军也退到了河滩处。

服部率领的长矛部队没有下到河滩处，而是继续勇往直前地向中棚的城堡进军。

这样一来，就没必要腾出射击空间了。

"射击！"

源三郎把铁炮部队分成两组，向正欲渡河的敌军开火。

结果，被击中的敌军就纷纷落进吾妻川喽。

长矛部队继续前进，前来援助射击中的铁炮部队。

河对岸的敌人开始向西逃窜。

在这狭窄的山峡间被生力军们夹击，绝不是件好受的事。

敌人只能向西逃窜，渡河后再沿坡度不大的山道向南……最终撤回丸岩城内。

铁炮部队再次集体射击。枪声回荡山谷，怎么听都不像只有五十架铁炮，倒像是两三百架似的。

进攻中棚据点的羽尾军队顺着山斜面狼狈逃窜。见此情景，服部断然下令："不可放走一人！"

一时间，士兵们纷纷投出长矛，用力掷向敌人。

起风了。

太阳躲进了厚厚的云层，山谷间的战场笼罩在一片灰色的氤氲之中，树叶如雨点般摇曳落下。源三郎吩咐传令使道："传令服部七左卫门，不必再追了。"

突然——斜后方混战的旋涡中跑出了十几个骑马的武将，看上去是想渡过吾妻川，向这边进攻！

"公子……"

"敌人！"

只见五六名士兵一边大喊提醒源三郎注意，一边向河岸冲去，但那骑马的敌军杀气腾腾地冲散了士兵。

胜利的可能还有，在源三郎身边还有约八名家臣。

原以为身边都是自己的人，却出现了意外的疏忽。

这十几名敌军在河对岸看到了六文钱[①]战旗，断定来者必是真田家的大将，所以冒死前攻。

"啊……"

"公子，危险……"

发现这一情况的真田军急忙一起从河滩的东、西两侧奔来，但好像来不及了。

源三郎身上那件白色战袍和角兵卫那魁梧的身形，与坐骑一起摇摇摆摆，好像被骑马前来的敌人团团围住了。

守护在源三郎身边的家臣冲到前面，保护幼主，拿起枪和长矛，但敌人还是冲破阻挠，把家臣推开，刺向马蹄使其翻倒在地。

六文钱战旗因黑衣敌军的突袭而落到地上。

"啊……"

真田军向这里靠拢的同时，心中必定是紧张至极。

整个河滩上杀气腾腾，一股血腥味，被敌军打翻在地的官兵们溃不成军，人仰马翻。

敌军中一样有两名人仰马翻。

---

① 以六枚铜钱为图案的家徽，真田家的固定家徽。

第柒话

樋口角兵卫从马上跃下，正是在这瞬间。

真田源三郎拿起长矛，防备突如其来的敌人，口中大喊："角兵卫，快走！"

这时，角兵卫来到了源三郎的马前。

"啊，你……"

左手紧紧拽着缰绳的源三郎，亲眼看到了角兵卫挥起他最擅长的铁棒向敌人刺去。

"嗨……嗨……"

一向冷静的源三郎不禁暗想："完了，角兵卫会被打败的。"

敌人如同变成一个庞大的黑色阵营，将角兵卫团团围住。

转瞬之间，响起了马的悲鸣声。一匹、两匹、三匹……敌军的战马悲鸣四起，相继横倒在地。

只见角兵卫以铁棒狠狠打向马腿，继而又击向那些戴着头盔落马的敌人。

源三郎娴熟地抄起长矛，用矛尖刺向从旁边袭来的敌人，将其刺落马下。

角兵卫健硕魁梧的身躯朝气蓬勃。他大吼着，忽左忽右，用铁棒击打敌方战马的马腿。

后到的骑马战将纷纷被倒地的战马和落马的战友绊倒，一时乱了阵脚。

源三郎掉转马首，来到角兵卫右侧，又击落一名敌军。

正是这时——

跑到跟前的真田部队包围了敌人，齐心协力攻打敌人。

化险为夷了。敌人全军覆没。

"哎，阿角……"

源三郎招呼道，接下来却不知说什么好。角兵卫转过了头，天真无邪地笑着。

"阿角……"

"哥哥……"

"你这小子，真是敢作敢为呀。"

"嗯。"

角兵卫确信源三郎这是在称赞他。

"你让我说什么好，你这小子……"

"嗯。"

"让人担心的家伙！"

"马腿比敌人的长矛更脆弱。"十三岁的角兵卫面无惧色地坚持说道。

"嗯……"信幸再次语塞。

真田方的士兵们将敌人俘虏，转而看着角兵卫，一言不发。

后来，据角兵卫自己说，源三郎、源二郎兄弟教他如何骑马、如何使用长矛时，比这恐怖多了。而且，与九岁时在古府中城外与烈马较劲，将其驯服时相比，角兵卫评价说："这次没什么太大感觉，不太尽兴呢。"

无论怎样，角兵卫这个初上战场的少年总归是表现出了罕有的英勇。真田昌幸听说此事后颇出意料，笑容满面地叹道："真是了不起呀，阿角这个小子……不是在撒谎吧。"

天生骁勇的樋口角兵卫在以后的数十年中都与真田氏有着某种难以捉摸的宿命安排，这又是谁能料到的呢？

话说回来——羽尾部队近乎抱头鼠窜般撤出了中棚据点。在他们逃在回丸岩城的路上时，源三郎下令："别追了！"制止了追击，继而又命传令使速去通知高森藤兵卫一队人马返回。

"现在正是痛击羽尾军队的时候，否则……"
部将中，有人向源三郎如此进言。
"不必了。"源三郎只说了这样一句便命之退下。
他的声音不大，甚至可以说是静悄悄的，但竟让那些久经沙场的部将们有某种不容争辩的感觉。
他细长清秀的双眼放射出冷峻的光芒，凝视对方时，即使对方心里觉得源三郎还是不了解战争之事，毕竟是年轻呀什么的，却也不敢说出，反而会渐渐觉得自己竟已开始反省："是不是我的想法不对呢？"
此时此刻，便是如此。

如果中棚的据点就是为了防御丸岩城所建，那么丸岩城也应该有针对中棚据点的防御工事吧。

将中棚据点作为"基地"的真田，什么时候会进攻丸岩，那就不得而知了。

羽尾源六郎基本上就是上杉景胜的先头部队，所以他应该会以丸岩山城为中心，设立多个防御据点，在山道沿途也会围起屏障，建立起类似小型碉堡的东西。

所以，如果真田一方继续追击，进入山道的话，有可能会受到意外反击。

事后，主张追击的部将们也纷纷赞同正该如此。

在极短的时间内，如此巧妙地击败敌人，大家一时斗志昂扬亦是情理中事。但事后稍作思忖，大家确实不清楚丸岩城的防御情况是怎样的。

往常都是由岩柜的忍者探清丸岩周边的情况后，报至中棚据点，但这次因事前没能查明敌人动向，中棚的据点便未能发挥出防御丸岩城进攻的作用。

羽尾源六郎当时就是趁着夜色离开丸岩，未点火把，一路到达距离中棚非常近的碉堡周围，而后召集将士，等待天明，力图一举攻破的。

真田一方完全不知晓这一情况。之前毕竟曾向中棚派遣了两名忍者，还有士兵日夜站岗，军事戒备丝毫不曾怠慢，所以，本次意外只能归结为"疏忽"了。

负责守卫中棚的大将福场八郎左卫门认为责任在己，看到源三郎率领的援军将敌人彻底击退之后便切腹自杀了。

中棚的将士官兵死伤共八十七人。

源三郎决定将位居福场以下的将士遗体运回岩柜，随后又命令下山归来的高森藤兵卫："你来守卫中棚。"

于是，高森率剩下的二百余人留在了中棚。

羽尾一方仓皇逃走，遗弃了将近三百人的遗体。

当晚，源三郎也留宿在了中棚据点。

"阿角，你回岩柜吧。"

"我想明天和哥哥一起回去。"

"不行。"

"为什么？"

"你母亲一定很担心的，快回去，让她看到你平安无事。"

此时，源三郎依然可以考虑到角兵卫的母亲，也就是自己姨母的心情。

角兵卫和返回岩柜的二百名将士一起回去了。

山峡中的傍晚时分犹如黑夜一般。

角兵卫那张下颌突出的大大脸庞上，还沾着血迹。

是敌人溅过来的血——角兵卫毫发未损。

"阿角……"

"嗯？"

"今天真是多亏了你，我才捡回这条命呀。"

源三郎满面含笑。

角兵卫高兴地别过身子，露出少年特有的害羞。

"不过，我不是说让你待在我身边的嘛。"

"嗯……"

"未经我允许，你就擅自冲到前面去了。"

"嗯。"

"真是莽撞！"

突然，源三郎脸上的笑容消失了，角兵卫连忙低下了头。

返回岩柜的归途中，服部七左卫门称赞角兵卫："你这么年轻，却有如此出色的举动……亲眼瞧见的人都跟我说了，这真是令人惊叹呀！"

虽还年少，却有如此英勇，这一点让大家始料未及。看到服部七左卫门毫不掩饰的惊叹表情，角兵卫骑在马上，只觉得信心满怀。

"如果我没有那样做，源三哥哥此时或许都不在人世了。"角兵卫突然闪过这样的念头。

"我救了源三哥哥。"他高兴极了。

得意忘形的角兵卫一边骑马，一边双手舞起了铁棒，铁棒"咕噜咕噜"地转了起来。

此时的角兵卫看上去就是一个天真无邪的孩子。

服部七左卫门和别的将士们齐齐大笑起来。

第捌话

源三郎命人将写有详细战况的书信从中棚送至砥石的父亲昌幸手中。

昌幸读罢，说道："源三做得很好。"鲜有地赞扬了源三郎。

倘若去了中棚的是矢泽赖康，他铁定又会说些"城代离开城池算怎么回事。源三郎为何不出征啊，胆小鬼……"这样的话。

源三郎在信中，说到表弟樋口角兵卫时，禀告父亲："让他初次上阵了，但一直待在我身边。"角兵卫奋战沙场之事，只字未提。

不过，因昌幸和源二郎逐一询问了战况，所以前来送信的使者不由自主地将角兵卫的事情也一一描述了一番。

源三郎曾一再嘱咐："不要将角兵卫的事情告诉父亲大人。"不过，仍处于兴奋状态的使者还是一不小心说漏了嘴："当时角兵卫把敌人的战马……"

源二郎沉不住气了，问道："战马怎么了？"

"嗯……就是……"

"快说！你是不是想说，阿角和战马比试力气了？"

"不是，是拿着铁棒……"

"嗯？用铁棒？"

"把战马的腿……"

话到这里，使者也就不得不说下去了。

"哦……"就连昌幸都惊呆了，"那……阿角他……"问到这里，就再也没出声音。

"父亲，父亲……"

"嗯？"

"真是个令人担心的家伙呀，这个角兵卫……"

"是呀……"

"您在想什么？"

"莽撞！"

"阿角吗？"

"不是，我说的是源三郎这小子！"

"哥哥哪里莽撞了？难道不是个优秀的人？他确实很优秀呀！"

"闭嘴！"

"是。"

"我说了让你闭嘴，你连'是'都不该说！"

源二郎不敢做声了。他低着头，但眉眼间分明还有笑意。

"角兵卫不过是个十三岁的孩子，而且是已经去世的樋口下总守的遗孤，我代替下总守养育角兵卫，可源三郎这小子竟然连问都不问我，独断专行，擅自让角兵卫上了战场，真是岂有此理！"昌幸咆哮道。

使者脸色变得煞白，低着头，伏地的双手哆哆嗦嗦抖个不停。

源二郎注意到使者的样子，小声说道："你先退下，静候父亲大人的指示吧。"

"你也退下！"昌幸对源二郎说道，"立刻出去！"

"是。"

源二郎催促使者，一起离开了地炉间。

昌幸开始给源三郎写回信，字里行间充满斥责之意。他恨不能立刻亲赴岩柜，偏偏眼下一天都离不开砥石和上田。

之所以想奔回岩柜，并非单纯是要去亲口斥责源三郎。

虽然昌幸嘴上说"即使被敌人夺了岩柜去，也……"之类的话，但对他来说，岩柜有妻子，有长子，还有外甥角兵卫，同时更是昌幸之前倾注了全部心血建造完备的城池。

如果真的落入敌军之手，便会成为很大的麻烦。

所以，他很想亲眼看看岩柜、中棚的现状。

源三郎看完使者带回的父亲的亲笔信，训斥道："你真是个嘴不严实的家伙。"

"嗯……"

"把角兵卫的事情告诉父亲大人了？"

"对、对不起！"

"靠不住的家伙！"

"嗯……"

"你也应该知道我为什么不让你告诉父亲大人吧？"

"我、我知道。"

"以后绝不可以再背叛我！"

"是……"

"如果再敢这样，就让你知道我也是一个性情暴躁之人，让你脑袋搬家！"

"是、是。"

"好了！滚！"

这么个大男人被只有十八岁的"少主"训斥了一番，哭着走出了屋子。

源三郎已经返回岩柜了。

使者出去后，城代矢泽赖康走了进来。

"大人说什么了？"

"啊，没什么……父亲说本以为岩柜有矢泽但马守盯着，应该没什么可担心的，但这次的事情确实很遗憾。"

"这……"赖康一听，十分惶恐，"确实是我疏忽大意了。"

"没别的事了。"说罢，源三郎若无其事地将父亲的回信放入怀中。

第玖话

昌幸目前正是手头拮据，却决定不惜重金来支持忍者活动。

忍者姊山甚八带着壶谷又五郎的密函来到砥石，也正是在这个时候。

真田昌幸这天依旧在指挥上田筑城的工程。

“什么？甚八回来了？”一接到通报，他即刻翻身上马，返回砥石，“怎么了？有什么急事吗？”

“没有，现在还没发生什么特别的事……”

话未说完，甚八便从头发中抽出了藏着的密函。

又五郎在这两张薄薄的、非常结实的纸上密密麻麻写满了字。

密函被牢牢卷住，非常细，而且裹了层蜡油。

甚八用小刀刮下蜡油，把密函交到昌幸手中。

看罢，昌幸不知为何发出一声感叹，向甚八追问道：“这是真的？”

“是的。”甚八重重点了下头。

“哦……”

昌幸再次拿起信，专心致志地重读起来。

“羽柴筑前守好像和我的想法一致。”昌幸似乎很愉快地小声嘟囔道。这封密函是向昌幸报告：筑前守羽柴秀吉近期将在大坂修建规模宏大的本城。

“……此前已风闻此事。眼下，筑前守正往大坂调集大量人力，着手准备筑城。”壶谷又五郎在密函中如是写道。

秀吉在今年四月二十四日攻陷了越前北庄，灭掉柴田胜家后，又逼迫织田信孝切腹，还对佐久间盛政和胜家之子柴田胜敏行刑，最后迫使柴田一方的泷川一益臣服脚下。

本次战争看上去似乎只是羽柴秀吉和柴田胜家之间的战斗，实际上并非如此。

秀吉通过成功讨伐胜家一事，肃清了在其背后的以信长三子织田信孝为中心的织田氏重臣集团。

这应该是秀吉作为织田信长的后继者而迈出的第一步。

未来的事情本来就是不可预测的，作为秀吉来说，勇敢迈出第一步也就坚定了前进的决心。

这一点通过“大坂筑城”就可以看得出来。

此前，秀吉的城池位于播磨的姬路，是信长当时作为进攻中国地方的据点赐予他的。

而现在的秀吉通过这次战争，已将从山城、大和、河内、和泉、摄津到北陆、山阴、山阳合计约二十个令制国置于了统治之下。

换言之，故主织田信长的大部分领地都被他收进了囊中。

秀吉现在已经高居人上，可以赐城给他人了。

所以他当然就要进驻中央，修建“本城”。

“虽然如此，但没想到会是在大坂。”

　　真田昌幸读着壶谷又五郎的密函，不禁对秀吉所筑之城的宏大规模大感惊叹。

　　听说秀吉目前尚未着手建城，但家臣们已然前往大坂，预先检查基址的规划设计。这意味着秀吉的头脑中已有大坂城池的蓝图了。

　　大家本以为羽柴秀吉仍留在明智光秀的居城——坂本城，谁知他竟然现身京都，在大德寺为旧主信长举行一周年忌日的法会。

　　第二天，他依然在京都，但据说第三天就离开了，快马加鞭赶回了近江的坂本城。

　　忙忙碌碌之际，秀吉仍不忘奖赏那些在这次战争中功不可没的武将和家臣，同时还屡出政令。对此，壶谷又五郎慨叹道："我确实感觉很难跟上羽柴筑前守的步伐……"

　　秀吉总是行色匆匆——现在是关键时刻，停不下脚步。

　　战事连连报捷，世人无一不知。秀吉必须尽快让世人知道他拥有充分的实力，是信长的合格后继者。

　　在又五郎看来，羽柴掌控天下还很难……

　　中国地方的毛利氏暂且不说，秀吉目前最警惕的该是德川家康。

　　家康虽然周全地派使者前去庆贺秀吉凯旋，但并非认同秀吉是可以掌控天下之人。

　　秀吉的大坂筑城计划正是基于对这种情况的考虑，所以才急着动工。

　　虽说筑城的规模不同，但昌幸明白秀吉和他为防备越后的上杉氏及关东的北条氏而急着去上田修建本城的心理是一样的。

　　"只是力量相差悬殊呀。"

　　昌幸露出一丝苦笑。

和武力相比，财力上的悬殊似乎更大。

去年、今年，羽柴连连取胜。据又五郎的情报，他现在依旧能够随时调配成千上万的劳力，随心所欲地动用金银财宝，随意调配人力、物资。在昌幸看来，其财力的雄厚程度固然令人畏惧，但同时又让自己羡慕不已。

"我真想亲眼看看那情景……"昌幸对报告完毕的姊山甚八说道，"你先在砥石待三天吧。"

他决定好好考虑一下对壶谷又五郎的下一步指示。

"阿江怎么样？"

"哎？"

"你不知道吗？"

"听说在浜松。"

"那当然……"

听说阿江按照又五郎的指示，代替又五郎驻守在浜松城下。

在京都、大坂到近江一线，如今约有二十名忍者供又五郎差遣，多方收集、探听有关羽柴秀吉的情报。

现在，又五郎告知昌幸：经费不足了。

昌幸目前正是手头拮据，却决定不惜重金来支持忍者活动。

姊山甚八离开地炉间后，真田昌幸又反复读起又五郎的密函。

"大人……"

走廊传来通报声。

"什么事？"

"忍者山田弥助求见。"

"带进来！"

“是。”

弥助马上来到地炉间，跪地叩拜。

忍者弥助负责保护真田宅邸附近那所住所中的阿德。和壶谷又五郎、阿江一样，他是为数不多的从武田氏改投真田氏的忍者。

“有急事吗？”

“没有，只是……阿德小姐有话让我捎来。”

“什么话？”昌幸看似很不耐烦地沉下脸来。

“因为最近大人一直不曾过去……”

“什么事？”

“阿德夫人请您无论如何去一趟……”

“混账东西！”

“啊……”

“告诉阿德，我现在忙着筑城，为此每天如露营一般时刻不离上田。你告诉她，这和打仗是一样的！”

“是，不过……”

“什么？”

“阿德小姐目前有孕在身……”

“嗯……”

昌幸苦闷地沉默下来。

据阿德透露给弥助的信息，预产期好像是明年初夏时分。

如今，在砥石还没人知道阿德坏有身孕的事情，包括源二郎信繁都不知道。

但是，这消息已悄悄传到了远在岩柜城的昌幸之妻——山手殿——的耳中。

第拾话

忍者山田弥助离开砥石宅邸，返回阿德的住处。

黑暗中大约行了半里路，弥助突然驻足。

道路右侧是片竹林。

弥助走进竹林，猛听得有人轻轻说道："这里。"

——那里站着一个人。

"哦，是平左？"

"是的。"

这男人也是忍者中的一员，但既不在岩柜也不在砥石，而是在真田庄的"忍者驻地"。

忍者也分为各种阶层。平左被称为"下等忍者"，所以他在姊山甚八、山田弥助等的手下办事。

"平左，现在你得去岩柜了。"

"好的。"

"目前，岩柜的夫人还没有下达任何指令。"

“那、那……”

“我也很困惑。”

“嗯……”

“如果夫人吩咐要将阿德藏匿在某处，恐怕我一个人的力量是不行的。”

“确实如此。”

“如果夫人打算加害阿德小姐，那就最好趁现在。请把这些话转告给夫人。”

“是。”

“还有……”

“什么？”

“如果要我亲手杀害阿德小姐，我肯定能做到，不会失手。”

“已经有打算了？”

“我打算趁人不备时去做……但阿德身边除了我还有别人，所以最终肯定会被发觉的。”

“那倒是。杀了阿德后，你就赶快逃吧。”

“嗯，舍此再无他法了，所以……所以，平左，你一定要替我问清楚岩柜的夫人，到时候她会怎么保护我。明白了吗，平左？”

“明白。不过，弥助大人，我的人身安全没问题吗？”

“你是‘下等忍者’，没有任何责任。我和夫人都会绝口不提你的事情，你只要小心别被‘忍者驻地’的人察觉……”

“放心吧，我经常进山料理草药，总是在山里的小屋住个三四天的。”

“是吗？”

"那我走了。"

"拜托你了。"

"联络方式照旧……"

"我知道。"

平左先行一步离开竹林，消失在夜色中。随后不久，山田弥助就返回林中的住宅，把真田昌幸的话转告给了阿德。

"弥助，怎么样？"

"阿德夫人，不知为什么，总觉得大人好像不同于往日了。"

"我知道他忙着筑城，但就丝毫不关心腹中的胎儿？你有没有替我把这些转告给大人？"

"说了，确实是……"

"他说什么了？"

"他说让您生下孩子。"

"生下孩子……不要紧？"

"是。"

阿德那多少憔悴的面容上浮现出一丝悲凉的笑意："就是说……除了生下孩子，我还能有什么办法呢。这就是身为女人的悲哀呀。"

同时，她心里思忖着："不会发生那样的事情吗？"眼下，身怀六甲的自己就藏匿在砥石附近，备受昌幸宠爱，她很担心万一被岩柜的夫人知道了，那……

山田弥助等人看到山手殿对昌幸偷藏的女人如此神经过敏，只当这是一种女人的嫉妒。

不过，阿德从昌幸口中听到过更为深层的状况和原因。

"如果生下的是女孩，那就没什么危险了。"

阿德预感到，如果生下的是男孩，那恐怕自身都难保了。

不，如果孩子出生了，那也为时晚矣。

在孩子出生前，山手殿就会有所动作的吧。

"什么？这里的事情是不会传到岩柜的。"昌幸曾经这样对阿德说过，但内心应该是有愧疚的。

藏匿阿德的还是那处住所。

山手殿在十几年前就知道这里的存在。

但那和阿德无关……

虽然真田昌幸曾想过："趁此机会，把妻子山手殿暗中杀了，对真田氏岂不更好？"但无论如何都下不了手。

如今他忙于上田筑城，再也无暇顾及阿德。他要争取在年内就带着源二郎从砥石迁往上田。

阿德的事情，再放放也来得及。

昌幸奔波于上田筑城之事，偶尔也会考虑把阿德藏到别的地方去生孩子。

他还没想好送阿德去哪里，只是在考虑着这件事。

阿德躺在床上的同时，上州的岩柜城内正是骚动不安。

因为樋口角兵卫这天下午骑马出城后就再也没有回来。

角兵卫在城池附近骑马奔驰到傍晚并不是什么新鲜事。

所以，谁也没有留意。

但是，他到了晚上依旧未归，而且早就过了往常回来的时间，这就无法不让人担忧了。

第二章　偷袭

第壹话

从信州砥石到上州岩柜必须得经过真田庄，越过鸟居垭口，然后沿吾妻川向东走才行，约有十六里的路程。

岩柜派特使前往砥石报告樋口角兵卫下落不明的消息，就是次日清晨之事。

使者是乘快马前往的。晴空万里，当天应该就能到真田庄。

羽尾源六郎因为在中棚之战中战败，现在只顾着守卫丸岩城，不敢有丝毫的轻举妄动。

兵力损耗得超出了想象。

然而，中棚据点的兵力却增强了不少。真田源三郎对岩柜城代矢泽赖康说："只要父亲一下令，我们随时都可以攻打丸岩。"

从岩柜到真田、砥石的路途又恢复了往日的平静。

从中棚到菅平，有三处说是碉堡却差不多像是真田家小型基地的地方，行人、马匹都可以从那里通过，山路也都整修过了。

不过……

　　岩柜派出的特使日落前到达了真田庄，路上并没有看到忍者平左。

　　前天夜里，平左受山田弥助之托，去见真田昌幸的夫人山手殿，所以应该是赶夜路去岩柜才对。

　　在哪里错过了吗？还是左平用了只有忍者通晓的在小路上行走的方式——像小鹿或山犬一样奔驰于小路之间？

　　夜晚抵达砥石的特使听说真田昌幸一直住在上田筑城的工地上，说道："那我马上赶去那里。"

　　使者正欲离开时，真田源二郎出现了，问道："究竟出什么事了？"

　　"啊，角兵卫公子下落不明，失踪了。"

　　"什么？"源二郎的表情骤然僵硬，"当真？"

　　"是。"

　　听完使者的话，源二郎立刻命三名家臣将岩柜来的特使送往上田。

　　源二郎命令家臣："好好听从父亲大人的指示！"

　　"佐平次、佐平次……"

　　源二郎一边在走廊里大声呼喊，一边向起居室走去，佐平次慌忙从房内奔了出来。

　　"怎么了？"

　　"佐平次，听说岩柜的角兵卫失踪了。"

　　"您说什么？"

　　佐平次还一次都没见过樋口角兵卫。

　　不过，源二郎总是饶有兴味地谈论角兵卫的事，这不禁让佐平次暗想："世上果真会有力气如此之大的少年？"对角兵卫很感兴趣。

在古府中的时候，九岁的角兵卫用臂力驯服了烈马，并将马翻倒在地，此举已然令人惊叹；而他不久前在中棚之战中的表现再次让人瞠目结舌，难以置信。

"难道是被丸岩的羽尾他们……"

"佐平次，角兵卫可不是个能在自己熟悉的岩柜周边被敌人捉住的家伙。"

"噢……"

"这家伙是自行消失的，是主动藏起来啦。"

源二郎不容置疑地说道。

此时的源二郎信繁还缺少年长一岁的源三郎那种老成。

年满十七岁的源二郎，面颊有了几分成熟，只是一旦呈现出少年特有的兴奋之情时，细细的双眸就会充满神采，还总会一边用左手指抓着宽宽的鼻梁一边说个不停。

"角兵卫公子为何要这么做呢？"

"嗯、嗯……"不断点头之余，源二郎脑海中似乎闪过了一个又一个念头，忽对仍要发问的佐平次说道，"快，拿酒来！"

酒在战国时期属于奢侈品。

直到日本结束了战乱格局，酿酒业方才兴盛起来，但男人们可以随时开怀畅饮，则又是很久以后的事了。

"让茂枝去拿！"

"啊？"

厨房有两名管理粮食和酒的家臣，但茂枝同样可以自由进出储存盐的屋子和仓库。

"快呀，喝了酒要带你一起出去！"

"去哪里？"

"好了，别问了。要是有可能，会让你看出好戏。"

"什么？"

"对了，佐平次，听说父亲同意让你和茂枝近日成亲了哟。"

"啊？真的吗？"

"高兴吧？"

"啊……"

见佐平次面色通红地低下了头，源二郎又笑问道："得手了吧？"

"没……说什么呢？"

"骗人！"

"我没有。"

当源二郎听佐平次说到在结为夫妻前，茂枝绝不会以身相许的时候，忍不住哈哈大笑起来。

"源二郎公子，有什么好笑的，快别笑了！"

"别生气！快去要酒！"

最近，父亲昌幸经常让他陪着喝酒，所以搞得他好像酒瘾不小。

源二郎又对往外走的向井佐平次说道："让鞍挂八郎来一趟。"

鞍挂八郎是被安置在砥石宅邸的忍者。

夜深之后……

真田源二郎带向井佐平次和鞍挂八郎二人从砥石宅邸徒步走出，出来前告诉其他人说要去真田庄。

此前不久，从上田返回的家臣已经把真田昌幸的话原样转达给源二郎了——

"没什么特别指示。"

据说，从岩柜来的特使住在了上田。

这天夜里，源二郎和佐平次住在了真田庄的老宅邸中，但鞍挂八郎不知独自去了哪里，一直未归。

真田庄有家臣们的房屋，有他们的家人在这里看家护院。

源二郎时而会在真田庄的老宅邸中过上几日，这情况不算罕见。

第贰话

鞍挂八郎返回真田庄时，已是翌日清晨。

源二郎被佐平次摇醒后，说道："把八郎带到这里来……"

这处宅邸不大，其后方的山上还留有真田氏的故城。

源二郎的祖父，也就是真田幸隆时代，这里曾被村上义清、谏访赖重等信浓的武将攻击，整个家族只能舍弃真田庄，逃往上州。

那个时候，无论是宅邸还是城池，或被村上势力强占，或被烧毁。幸好真田幸隆被武田信玄收留，后来作为平定北信浓的先锋，逐走村上义清，才得以回归故土。

真田庄由此复兴。

"父亲大人怎么样？"

面对源二郎的询问，鞍挂八郎答道："还在上田。"

"没有返回砥石？"

"是。不过，昨夜从岩柜赶来的特使，今早好像天还没亮就离开上田，回岩柜了。"

听到这里，佐平次离开源二郎的卧房，去准备早饭了。

"嗯……那么，父亲大人直接指示岩柜的哥哥了吧？"

"我想应该是这样。"

接到角兵卫失踪的消息，真田昌幸骂道："这个白痴……不管了，反正我也管不了。"

据说他直到晚上都全副武装地站在面朝千曲川的悬崖上，指挥着加固护城河的石垣工程。

确实，真田昌幸的筑城之事是分秒必争的。完工之前，就算有敌人来袭都必须挺住，以确保筑城大计。

可以说，现在昌幸的头脑中只有这件事。

但并非是说昌幸因此对角兵卫就没有了怜爱之情。

正因为有，才只让特使在上田待了一宿，就回去传达指示给岩柜的源三郎及矢泽赖康，并且多加责难。

昌幸让特使带回的信中大致写道：

> 我不分昼夜、拼命筑城之际，你们却屡因疏忽大意而招致失败，简直难辞其咎！无论是过去的中棚事件，还是眼下的角兵卫事件，只要稍有差池，便会多生事端。我现下正是分身乏术，又如何抽出时间去找寻角兵卫啊！

无疑是发了一通怒气，斥责了一番岩柜的不是。

上田前夜的情景，都是鞍挂八郎从昨晚至今晨在上田听到的。

昌幸偶尔回砥石住一宿时，总会约源二郎："怎么样？明天不和我一起去上田吗？"

"不，我要等到父亲大人苦心修建的城池竣工的那天再去看，我觉得那样更好！"

源二郎语毕，昌幸总是笑容满面，很高兴似的说道："是吗？嗯，果然是……好、好！我要建一座让你目瞪口呆的城池。等着瞧吧！"并不斥责天天游手好闲的源二郎。

那之后不久，鞍挂八郎又不知去了哪里。

源二郎吃过早饭，让佐平次带上前夜下令预备好的、用粽叶竹包着的烤年糕，说道："出发吧！"

"去哪里？"

"跟我来就是了。迟早你会知道的。很快就让你看出好戏。"

"昨晚也是这么说的……"

"是吗？"离开老宅邸，源二郎对出来送行的家臣们说道，"我先去野外稍稍玩儿一会儿再回砥石。"

离开真田庄，向南走便可看到左前方的松尾山。那里也有真田的城池。

"就是这里，佐平次。"

源二郎从松尾山的东侧走入山道。

可以看到土筑堡垒的遗迹，还有几近腐朽的城门。

到处都被落叶覆盖。

松尾山的城池已经变成一座废城了。对现在的真田氏来说，那里已没有任何的战略意义。

源二郎深深呼吸了一下清晨冰冷的空气。

"啊……心情真好！"

他像个孩子一样，天真无邪地欢呼道。

"沿着山路去哪里呀？"

"问个不停，真烦人呀，佐平次。"

"但是……"

"闭嘴！只管跟着我就是了。"

落叶厚厚地铺满一地，黄、红、褐，鲜艳却又协调。

啁啾、啁啾……

高空处传来鸟鸣声。

"是山雀吧。在甲斐时，经常听到。"

见佐平次如此一问，源二郎似乎很得意地笑道："你真是什么都不懂呀。"

"才不是呢。就是山雀的叫声。"

"错。是煤山雀的叫声。和山雀很像，但不一样。因为样子像，所以连叫声都常常被弄错。"

"啊？"佐平次看到了源二郎不同于平日的一面，心想："关于鸟类，他知道得还真是详细呀……"

"面部较平，看上去有些呆头呆脑的是煤山雀……"

"哦……"

佐平次已经搞不清楚走到哪里了。看着高高挂在空中的太阳渐渐向左倾斜，他觉得山道现在是伸向南面的。

又是土筑的堡垒。但这一次，其对面是战壕。

源二郎提醒道："危险，佐平次，小心！"

"啁啾、啁啾……"他又模仿起煤山雀的叫声。

沿战壕走了一阵，他们又重新爬上山道。

可以看到前面有一片杉树林。

源二郎进了林中。突然——

树林中蹿出一个人影。

"啊？"

佐平次不禁大喊一声，手指扣向了腰间的挎刀。

"你，哈哈……"源二郎又大笑起来，"别紧张，是八郎。"

鞍挂八郎正在这里等着源二郎。

"八郎，怎么样？"

"还没看见。"

"好！走！"

三人穿过树林，沿着没有路的斜坡向下走去。

他们的身影完全淹没在了芒草丛中。

"到底是要去看什么啊？"佐平次越发疑惑了，"急着干什么去呢？"

这时，当先领路的鞍挂八郎停下了脚步，说道："在这里等一下吧……"

"好的！那就在这里等吧。"

"我很快就会回来。"

八郎的身影又消失在了芒草丛中。

今日的天空依旧万里无云，如同明镜一般。

"拿烤年糕来！"源二郎对佐平次说道。

第叁话

源二郎吃完烤年糕，又喝起佐平次递过来的水壶里的水，说道："好喝！"喉咙"咕咚"作响。

这个水壶是做工精细的竹质水壶，外涂黑漆，上面有金箔铸成的真田氏的家徽——六文钱。

这是十六岁成人仪式时，父亲真田昌幸赠与他的。

源二郎爱不释手，片刻不离身边。

即使在自己的房间内，也总是命令佐平次："要经常放新鲜的水才行呀。"随时都会喝。

"你也吃些烤年糕吧。"

"哦。"

"最好趁现在填饱肚子。"

"下面究竟要干什么呀？"

佐平次嘴里塞得满满地，脸颊都鼓起来了，问道。

"啁啾、啁啾……"

源二郎看上去似乎很茫然，又学起了煤山雀的叫声。

"告诉我好吗？"

"啁啾、啁啾……"

此时，鞍挂八郎从芒草丛中出现了。

"源二郎公子……"

"怎么样？"源二郎问道。

八郎使劲点点头，代替了回答。

"好！"源二郎肃容说道，"佐平次，走！"

"是。"

佐平次急忙把烤年糕和水壶装入兽皮袋中。

"小点儿声……"

"好的，八郎。"

"好，往这边来……"

源二郎和佐平次紧紧跟在八郎身后，走进芒草丛中。

日上竿头，芒草的穗头因为日光的照射，发出白色的光芒。

三人在芒草丛中慢慢前行。

在芒草丛的对面，可以看见远处的山脉。

那是砥石城层峦叠嶂的山脉。

"这里是？"

佐平次惊诧不已时，走在前面的鞍挂八郎突然俯下身来。

源二郎、佐平次也照做。

这里好像是被叫做乌帽子山的西侧山脚下。

"那不是……"

山脚对面，应该就是阿德那处树林环绕的住所了。

佐平次曾陪同源二郎多次骑马来过这周围，所以对地形还是很熟悉的。

"您看！"

鞍挂八郎从芒草穗头的缝隙间，指着远处。

那正是阿德住所的侧面。

这周围榉树林立，只能看见住所的一部分草屋顶。

不过，八郎指的是榉树林中蹲着的一个人影。

一个魁梧的男人。

相隔约三十米，佐平次难以确定是个什么样的男人。

那个男人把裤子挽起到大腿处，鞋袜好像也都准备妥当。

"嗯……"源二郎用小得几乎听不到的声音说道，"果真来了，这个角兵卫……"

佐平次大吃一惊。

"源二郎公子，那个人就是……"

"嗯……"源二郎点点头，继续说道，"怎么样，佐平次？他可只是个十三岁的孩子呀。"

"啊？"

真是身形魁梧。

对方的脸被一种将纸糊在薄板上而后涂漆的斗笠遮住了，看不清楚，但无论怎么看都难以相信那是个孩子。

"源二郎公子，角兵卫公子为什么来这里？"

"你不知道吗？"

"不知道。"

"不知道吧？"

此后，源二郎便沉默不语了。

源二郎成熟的侧脸，看上去也不像个十七岁的少年，表情严峻，使佐平次不敢再反复追问下去。

樋口角兵卫一直蹲在那里，一动不动。

鞍挂八郎也未动一下。

佐平次觉得很压抑。

"八郎……"

"嗯？"

"阿角或许是在等着天黑吧？"

"我也这样认为。"

"这个白痴……"

八郎和佐平次对视了一下。

角兵卫的腰间别着大大小小的刀。

"怎么办？"

"八郎，别急！到晚上还有段时间。"

"是。"

"不用再考虑一下了吗？怎么样，八郎？"

"嗯……"

第肆话

此后不久，蹲在树荫处的角兵卫开始活动身体了。

"这小子想干什么？"源二郎小声问鞍挂八郎。

"这……"

角兵卫似乎想俯下身子藏在榉树树根下。

"啊！"

佐平次惊诧不已。

源二郎抓住他的手腕，小声骂道："笨蛋！"

不知何时，角兵卫拔出了大刀。

有风吹起。芒草的穗头摇晃起来。

"八郎，快去！"

源二郎一声令下，八郎点点头，往右跑去，消失在芒草丛中。

八郎腰上挂着一个大大的兽皮袋子。

"角兵卫公子要干什么？"

"你应该猜得到。"

"去阿德夫人的住处？"

"对。"

源二郎的肯定，使他不再迷惑不解了。

"那么，角兵卫公子是要袭击阿德夫人喽？"

向井佐平次也知道真田昌幸将阿德藏匿于此，是瞒着岩柜城的正室山手殿的。

此前，他曾两次随源二郎去往阿德的住处。源二郎那时总是说道："等我一会儿。"让佐平次留在忍者们住的地方，只身一人去阿德的起居室，好像很亲密地交谈。

阿德对源二郎的来访似乎亦很高兴，这显然不仅仅因他是昌幸之子。她有时甚至会缝制源二郎的贴身衣服、腰带、贴身和服之类东西，派人送到砥石。

源二郎很清楚阿德的过去。

现在，阿德除了昌幸，再没有可依靠的人了。

所以，源二郎对阿德很关心，也很友善。

他曾把装着日常用品及衣服之类的木箱交给佐平次，让佐平次偷偷送去给阿德，且叮嘱他别让别人知道。

"啊……源二郎公子。"

佐平次突然急欲起身。

不知什么时候，阿德从树林对面出现了。

这里是住所的东面，对阿德来说，是个避人耳目的休憩之地。

这住所四周没有树木掩映，没有类似屏障的东西。

虽说是处宅子，但更像个大些的农家院，一旦围上屏障、沟渠之类的，附近的村民反而会投来疑惑的目光。

因之，昌幸亲自挑选了五名忍者，来此保护阿德的人身安全。

这就是说，眼下应该正有谁在暗中盯着她呢。

只是一时间尚未看到疑似忍者之人的身影。

阿德慢慢走过树林，来到介于树林和芒草丛间的一处小小的草地上，停下脚步，大大伸了个懒腰，仰望着天空。

须臾，她又向洒满秋日阳光的草地走去。

佐平次好久没见到阿德了。脸庞、身体……特别是从肩部到手腕瘦得让人吃惊，只是腹部鼓了起来，这一点任谁都看得出。

"果真是有孕在身了……"

此前，他曾听足轻们私底下小声议论过。

源二郎从未向佐平次透露过半句阿德怀孕的事情。

树荫处的角兵卫就是在这个时候，突然"噌"地站起身来。

佐平次屏住呼吸。

樋口角兵卫站起来后的庞大身躯，真是令人愕然。

已经穿过树林的阿德，此时正背对角兵卫站着。

阿德坐在草地上，呆呆地好像望着哪里。

角兵卫手中刀光闪闪。

真田源二郎的脸好像微微抽搐了一下，一直死死盯着角兵卫。

那是一种佐平次从未见过的殊死一搏的神情。

可想而知，源二郎先前已是一忍再忍。

——他在忍什么呢？又在等什么呢？

此际，连考虑这些的时间都没有了！

"佐平次，"源二郎突然抓住佐平次的手腕，"我一冲出去，你就立刻跑到阿德夫人身边，把她藏到芒草丛中来。没问题吧？"

　　角兵卫一边观察着四周的动静一边慢慢离开树荫处，向阿德背后靠去。

　　"行动！"源二郎喊完，立刻从芒草丛中跃了出去。

　　同时，佐平次也奔向阿德。

　　佐平次没看源二郎，他眼里只有阿德，拼命地向前跑。

　　仅仅距离二十米，佐平次却觉得像是跑了三五倍远。

　　阿德拼命摇头，看着佐平次，而后又看了看从旁跑来的源二郎。

　　"啊……"她张大嘴，发出一声类似悲鸣的呼喊。

　　佐平次飞奔到阿德身边。

　　"你，你干什么？"

　　"这是源二郎公子的命令。危险！快、快……"

　　后面的事情就记不太清了。

　　佐平次好像是抱着阿德似的穿过草地，跑向芒草丛中。

　　真田源二郎跑过阿德身边，喊道："阿角，住手！"随即伸开双臂冲向角兵卫。

　　源二郎突然出现，角兵卫登时大吃一惊。

　　"咦，源二哥哥……"

　　"住手！"

　　"嗯？"角兵卫虽然停下了脚步，但巨大的双目瞬间炯炯有神，紧跟着便顶撞般地说道，"你别管！"

　　"浑蛋！"

　　"我才不是浑蛋呢！"

　　"你这小子，想干什么？"

“我要杀了那个女人！”

“你果真是个浑蛋！”

“那女人只要活着，就会对真田氏不利。”

“小孩子胡说什么？”

“讨厌！”这次轮到角兵卫怒斥源二郎了。

角兵卫下巴突出的大大脸盘上，竟然有淡淡的胡须了。总之，源二郎真不敢相信他是个十三岁的孩子。

眼前这魁梧的身躯，无论如何都有一种压倒身材矮小的源二郎的气势，那炯炯有神的眼睛俯视着源二郎。

“退到一边去，哥哥。”

“不。”

话音未落，源二郎已经被角兵卫撞飞了。

真是令人恐惧的力量！

源二郎的身体如同被踢起的皮球一样飞了起来，又重重摔在草地上。

“臭女人！”角兵卫大喊道，随即开始追寻藏在芒草丛中的佐平次和阿德。

正在这时，鞍挂八郎出现在草地上，好像是一直藏在某处一样。

俯身跑来的八郎，怎么都不会让人想到是个人影。

他以宛如野兽般的速度逼近角兵卫，一下掷出去了什么。

掷出去的时候，佐平次眼中只看到了个黑色的、如同小包袱一样的东西。但一到空中那东西就伸展开来，如同活物一样落到了角兵卫的头上。

撒出去的原来是网。

像捕鱼一样撒出去的网，把角兵卫的巨大身躯团团包住。

"啊、啊……"

角兵卫十分吃惊，正要回头，鞍挂八郎突然拿棍棒挥向角兵卫的双腿。

角兵卫被网罩住，手脚都动弹不得了，倒在地上。

八郎一下跃到他的身上。

这时……

树林中又出现一个身影。

那是被真田昌幸派来保护阿德的忍者——山田弥助。

"怎么了？"

弥助大喊着跑了过来。

总算在草地上站起身来的真田源二郎见状说道："嗨，弥助吗？出大事了。"

"什么事？"

"阿德夫人有危险。"

"您说什么？"

"那个坏蛋现在已经被八郎的网给逮着了。"

山田弥助只惊得脸都白了。

此前一直笑着的源二郎突然一个转身，拔出腰间的大刀，刺向弥助。

"啊……"

弥助的肩头被狠狠削下一块，源二郎问道："长记性了吗？"

弥助的血喷得到处都是，他试图逃跑，但为时已晚。源二郎向他背部砍去，又向倒在地上的弥助的喉咙刺去致命一刀。

第伍话

"如何？这样行吗？"源二郎问鞍挂八郎。

八郎隔着网用细麻绳抽打角兵卫的要害部位，使其一动都不能动了。

八郎就是以探囊取物般的敏捷，轻松逮住了力大惊人的角兵卫。

"唉……不这样也没别的办法了。"八郎说道，顺便对网中偶有挣扎的角兵卫低头赔罪，"请您原谅……"

角兵卫发出一阵阵没有由头的大吼。他脸色通红，巨大的双眼似乎要从脸上脱落，如活物般冲出网眼似的。

源二郎擦拭干净刀身，放回剑鞘，走到角兵卫跟前说道："阿角，你和我斩首的那个忍者串通一气了呀。"

"我不知道。"

"闭嘴，阿角！你这小子，真是令人惊恐！"

"不认识。我不认识什么忍者！"

"那就是说，是你自己一个人的想法喽？"

"那当然。源二哥哥，我无论做什么，都只是按照自己的想法，无论什么时候……"

"闭嘴！"源二郎呵斥道，不满意地咋了咋舌。

其他四名忍者穿过树林，跑到这里，一看眼前的情景，吓得双腿都动弹不得了。

鞍挂八郎命令道："把弥助的尸体给埋了！"

忍者们连连应着，抬起被源二郎斩首的尸体向林中走去。

"源二哥哥，如果让那女人活下来，会对真田氏不利的，就是因为这个，我才……"

角兵卫在网中继续号叫，源二郎过去踢了他一脚。

"干、干什么？"

"角兵卫，对真田氏来说，活着就会惹麻烦的人似乎是你小子。"

"你说什么啊！"

"你小子的脑袋里都是些孩子想法，好像哪里不正常呢。"

"你说我是个疯子？"

"对。"

"就算你是我哥哥，我也不会原谅你的！"

"别拿腔拿调的！"源二郎离开仍在大喊大叫的角兵卫，对八郎说道，"八郎，替我好好看着他！"

"是。"

阿德由佐平次搀扶着，从芒草丛中走了出来。源二郎忙走上前去，问道："阿德夫人，您一定受惊了吧？"

阿德吓得魂不附体，面无血色，如同白纸一般，她瞥了角兵卫一眼，什么都没说，默默走了过去。

源二郎和佐平次搀着她的双臂，像抱着她一般，走进了树林中。

四个忍者正在埋葬山田弥助的尸体。

"不用埋深了，说不定父亲大人要看他的尸首。"

忍者们畏畏缩缩，惊恐万分。感觉敏锐的他们应该明白这件事意味着什么——

"肯定是山田弥助大人将藏匿于此的阿德夫人的事情偷偷告诉岩柜的夫人了……"

虽然每天和弥助生活在一起，却丝毫没有察觉此事，他们不禁自责起来。

源二郎没有责怪他们。后来，父亲昌幸因四人的疏忽而发怒时，源二郎还劝解道："那五个人难道不是父亲您亲自挑选的吗？这样的话，也就是父亲的疏忽大意喽。"

昌幸也找不出可以反驳的话。

"父亲都料想不到的事情，那四个忍者又怎么会知道呢？"

"嗯……"

"而且，壶谷又五郎也曾说过，忍者间若互相猜疑，一旦到了非常时刻，效率会很差。所以我倒是觉得被弥助骗过的那四人很不错呢。"

"就算这样，阿德为什么会独自去了那里？"

"不是一个人，有弥助保护。"

"嗯……"

"那时，角兵卫突然去袭击她了。"

"这小子，角兵卫……"

"弥助发现这一切了，只是没有出手相助。"

“为什么？”

“角兵卫偷袭阿德夫人这件事，如果我没猜错，应该是岩柜的
母亲……”

“你说什么？”

“我倒不认为是母亲大人指示角兵卫来杀害阿德夫人的……只
是阿角自己对父亲藏着的女人……”

“好了，别说了！”

真是惊人，源二郎竟猜出山田弥助是接到了山手殿的密令，将
阿德的一切情况都报知岩柜……

“你是什么时候知道的？”

听昌幸如此一问，源二郎便答道：“杀弥助前刚刚知道。”

“你说什么？”昌幸听不明白了。

当源二郎听说角兵卫在岩柜失踪的消息时，直觉告诉他，或许
岩柜已经知道了阿德夫人怀孕的事情了，得知此事的角兵卫说不定
会来杀害阿德呢！

“以阿角的性情，很有可能会这么做。”

当时，源二郎心下便是如此暗想。

由此不难看出，真田源二郎这个十七岁的年轻人，确实是有着
令人敬畏的敏锐洞察力。

这些都是基于源二郎平日里细致入微地看到了母亲山手殿、角
兵卫、角兵卫的母亲久野，以及哥哥源三郎信繁和自己的关系，也
看到了角兵卫对父亲昌幸言行举止的反应。

即使没有弥助告密，砥石的大部分家臣都知道昌幸经常去阿德
的住所，所以源二郎知道这件事迟早会传到岩柜。

岩柜的母亲对父亲藏匿的女人怀孕这件事异常关心和警惕。对此，源二郎特别留意。

"恐怕只有我最明白其中的缘由了。"

"角兵卫为了岩柜的母亲和哥哥，赴汤蹈火，在所不惜。"

所以，一番深思熟虑后，源二郎决定带着鞍挂八郎和向井佐平次从后山监视阿德的住所，就算白忙活一场也无所谓。

如果角兵卫要潜入那里，在后山就可以看见。如果从其他方向进入，则会被忍者发现。

鞍挂八郎也赞成源二郎的意见。不过，他们没想到角兵卫已经到了后山。他果真是打算入夜后潜入住宅的。

如果可以，源二郎真想不让任何人看见角兵卫被逮住。

出乎意料的是，阿德自己来后山的草地了。

角兵卫同样未料到此事。所以，就上演了那一幕……

当角兵卫被八郎撒的网逮到时，山田弥助大喊着怎么了，从树林中冲出来，脸色苍白。那一瞬间，源二郎明白了："原来是这样……是弥助暗中向岩柜告密的呀……"

弥助定是觉得，如果再不出去保护阿德的话，那就是玩忽职守了，所以才冲出来的。

忍者们都知道阿德有去后山的避风向阳处，久久仰望天空，散心的习惯。

那时正好是弥助当班，但他未必想到角兵卫从岩柜跑来充当刺客一事。

按照岩柜山手殿的密令，山田弥助是要亲手干掉阿德的。

"为什么要当场杀了弥助？我还想好好审问一番呢。"

面对昌幸的责问，源二郎答道："我也曾这么想。也正是这个原因，我才立刻杀了他。"

"你说什么？"

"一旦审讯弥助，父亲就必须知晓一些不知道为好的事情。"

"什么？"

"如果知道是我亲手杀了弥助，那些和弥助沆瀣一气的人即使不做声，也会改正自己的行径吧。这毕竟不是弥助通敌，无论怎么说，都是自己家里的事情，就这样处理不是更好吗？您觉得呢？"

猛然被儿子这样一问，昌幸登时没的说了，忍不住怔怔自语道："你这小子，到底是怎样一个家伙呀……"

第四章　秘密

第壹话

真田昌幸最终采纳了源二郎的建议。

不过，他也确实担心若再将有孕在身的阿德安置在近旁，或许还会有危险。除了山田弥助，很难说没有别人和岩柜的妻子串通一气。

不，一定会有。

确实还应该有人负责弥助和妻子之间的联络。一定还是有这样一个甚至几个人的。

对此，源二郎提议道："现在这个时候，还是放过他们较好。"

这件事，如果昌幸定要查个水落石出，势必会使一些人聚拢在山手殿身边。

这样一来，真田氏就有了内讧的可能。

虽说昌幸一度有过暗杀妻子的念头，但此时他也反省到自己确实负有责任。

昌幸问源二郎："那如何处置角兵卫呢？"

"我认为最好先将他关押在砥石一些时日。"

“那你打算如何给岩柜交代呢？”

“就说他来参观上田筑城工程之类的就行吧。”

“真是傻瓜……这样就能息事宁人了吗？”

“当然不是，但岩柜有哥哥呀。哥哥会巧妙应对母亲、姨母她们的。”

“嗯……”

昌幸稍显忧郁地沉默起来。

见状，源二郎立刻话锋一转，说道：“父亲方才是说要将阿德夫人转移到什么地方去吗？”

“嗯……势在必行呀。”

“转移到哪里去呢？”

“如果可以的话……”

“去沼田？”

“去沼田的话，我还是放心不下。”

由矢泽萨摩守担任城代的沼田城，不敢断言没有向山手殿通风报信之人。

昌幸反复思忖，最终说出：“把阿德送到名胡桃，怎么样？”

“这……”源二郎的双目顿时熠熠生辉，“当然是个英明的决定，父亲。”

“你当真这么想？”

“是。”

“好！那就这么决定了。”

“我去名胡桃吧。”

“你去送阿德？”

"是。"

"不行。这种事情，怎么能让你一个小毛孩子来干。"

"才不是呢，这样反而更妥当。请让我去吧。我带领忍者，定会将阿德夫人安全送到。"

源二郎死气白赖地央求父亲。

阿德即将要被护送去的名胡桃在哪里呢？

它位于上州沼田西北面约一里多的地方。源二郎曾听哥哥源三郎信幸说过："好像是二百多年前在名胡桃修筑的城池。"

后来，名胡桃就作为沼田氏的分城留存至今。

沼田氏第十二代万鬼斋显泰死后，因家族内讧，沼田城和名胡桃城都落入了越后的上杉谦信手中。

当时，名胡桃的城代是铃木主水。

铃木主水曾为沼田氏的家臣，主公死后，又被上杉谦信任命管理名胡桃城。

谦信死后，沼田城落入真田昌幸手中。

昌幸接见了前来沼田拜谒的铃木主水，一番交谈后，说道："名胡桃的城池还是和以往一样，由你来守护吧。"

天正九年的春天，沼田万鬼斋之子平八郎进攻沼田时，昌幸从未流露出对名胡桃的铃木主水有丝毫的戒备之意。

依照惯例，旧主之子要夺回故国城池的话，铃木主水应该响应沼田平八郎的号召，加入进攻沼田的行列才对。

不过，主水虽然迎接了平八郎的使者，却坚定地回绝道："现如今，我已是为真田安房守大人效力了。"

打发使者回去后，主水立刻将此事报告给了真田昌幸。

　　对铃木主水来说，在真田氏进驻沼田之时，安房守昌幸曾召见自己，而且很快就接受了自己的诚意，无论是名胡桃城还是他的领地，昌幸都没有插手，无论什么事都像以前一样全权委托，所以他现在的举动只是报答昌幸的情谊和信赖。

　　作为一位表里如一的战国武将，铃木主水那果敢的态度让昌幸极为欣赏，更加信任他了。

　　这次上田筑城，铃木主水也派往上田二百余名士兵，任由昌幸调遣。而且，他还经常从领地运来合适的石头、木材，全力以赴地帮助昌幸。

　　虽然昌幸与主水形成这种主仆关系的时日尚浅，但真田昌幸经常夸赞主水："名胡桃的城主是个心地善良之人呀。"有时更会说他是"世上少有的君子"，对主水的耿直人品给予极大好评。

　　听父亲说打算将阿德送到铃木主水那里待上一段时间，源二郎不禁为父亲的决定拍手叫好。

第贰话

樋口角兵卫被关押在砥石城"米山城郭"下一处由哨所改造成的"禁闭室"内。

只是"禁闭室"，绝非牢房。

既有被褥，也有桌子等物件，居住起来没有任何不便，只是房间的板壁是特别加固过的，门上也安了十分结实的格栅。

如果墙壁、门窗不够结实，有可能会被角兵卫撞破。

"那不是岩柜的角兵卫公子吗？"

"究竟出什么事了？"

被命令前来看守"禁闭室"的士兵们，心怀疑惑地小声议论着。

角兵卫自从被关押起来后，始终不曾开口。

因为并非犯人，所以饮食和源二郎一样，也能让人修整头发，只是角兵卫从不洗身上的污垢，即便当班的士兵把盛满热水的大桶抬进屋内，他也只是直愣愣地看，一动也不动。

头发、胡子恣意生长，就这样过了五天。

“呀，总觉得这禁闭室里有股什么味道，怎么回事？”

“胡子那么长了，脸都成黑青色了，整天用那么恐怖的眼神瞪我们。”

“根本想不到他是个才十三岁的孩子！”

“这真是个苦差事。”

“要把角兵卫公子关到什么时候呀？”

“那可是只有大人才能决定的事了。”

站岗的士兵都很头痛。

只有饭，角兵卫会一扫而光。不管怎么说，到底是正能吃的时候。

一天到晚一句话都不说，只是一个人呆呆地瞪着墙，一动也不动。

真田昌幸从源二郎那里听说这一状况，露出一副不可思议的神情，说道：“这个暴徒……这是真的吗？”

“是的，孩儿亲眼所见。”

“噢……”

“父亲，您亲自去一次吧。”

“我哪有这功夫。”昌幸觉得角兵卫可能是在反省过错，“还是关在禁闭室的好。以后角兵卫这小子就不会再犯这种错误了。”

“不，父亲，您错了。”

“什么？”

“不管怎样，请您亲自去看看。那并不是一个十三岁的孩子反省的样子。”

“那，你想说什么？”

“我也不知道该怎么说，总是觉得很奇怪……”

“你说奇怪？”

"嗯。角兵卫正酝酿着什么我们猜不到的事情。无论是那不同寻常的怪力还是那些匪夷所思的想法……父亲，你不这样认为？"

经源二郎一说，昌幸也有些担忧："确实如此……角兵卫是个非同寻常的孩子，将来不一定会怎样呢……"

他已经打发使者火速赶往岩柜，告知源三郎等人角兵卫目前平安无事地待在砥石。

真田源三郎接到父亲寥寥数语的通知后，微微笑道："原来如此，那我就放心了。请禀报父亲大人，源三郎会等待父亲的指令。"

返回上田的使者将源三郎的话转达给昌幸，昌幸说道："是吗？那就好！"一改往日听到和源三郎有关的事情，就会愁眉苦脸的样子，此时展颜一笑，好像放下心来，频频点头。

同时，护送阿德去名胡桃的准备工作也正在悄悄进行。

某一天，阿德突然销声匿迹了。

准备工作都在阿德的住处进行，指挥者是源二郎和鞍挂八郎。

结果，由源二郎和向井佐平次保护阿德前往名胡桃，鞍挂八郎则负责指挥一直待在阿德身边的四名忍者。总共七人。

八郎花费心思在马背上安了一个类似于轿子的东西，让阿德坐在上面。

整个行程是这样的：从上田出发，经过轻井泽，越过上、信交界处的碓冰垭口，从安中一带沿榛名山山脚向东走，经过沼田到达名胡桃城，全程约三十三里。

阿德一行人出发前，真田昌幸派特使先行通知了沼田城的城代矢泽萨摩守和名胡桃城的城代铃木主水，告知源二郎及阿德一行人是秘密前往名胡桃的。

源二郎原本并不想在沼田城落脚。

但真田昌幸或许还是放心不下吧。

昌幸并没说是为了护送阿德，只是让大家以为源二郎带了为数很少的随从前往名胡桃，所以才请他们做好必要的准备。

出发的时间定在了角兵卫袭击阿德后的第七天晚上。

出发的前一天，从上田返回砥石的真田昌幸带上源二郎，去米山城郭的禁闭室看角兵卫。

走在堆满落叶的路上，昌幸问源二郎："源二郎，你说该把角兵卫关到几时才好？"

"哈哈……"

"笑什么？"

"这应该是父亲决定的事情呀。"

昌幸沉默不语，他简直为如何处置角兵卫一事头痛不已。

而且，他头痛的不仅仅是这一件事——他还必须刻不容缓地完成上田筑城一事。

"父亲……"源二郎似乎看透了昌幸的心思，说道，"从名胡桃回来时，我会去一趟岩柜，好好和哥哥商量一下，如何？"

"嗯……"

"父亲，上田城竣工后，您会立刻将母亲从岩柜接来的吧？"

"这……嗯……打算如此。"

"如果这样，所有的事情自然就平息了。"

"倘若如此就好了……"

不过，送往名胡桃的阿德诞下的孩子，该如何处理才好呢。

现在的昌幸完全没有精力考虑这些。

从正面就可以看到禁闭室前的木门。

站岗的士兵一看到没带任何随从的安房守昌幸父子，急忙跑了出来。

"没关系。你们待在这里，不要动。"源二郎说完，便带父亲去了禁闭室。

树上的残叶被山风吹落，声声作响，打在禁闭室的房檐及板壁上。简直不能相信那是落叶的声音。

踏进禁闭室的土间①，真田昌幸透过窗格招呼道："阿角，你怎么样了？"

角兵卫一下背过身去，一声不吭。

"真熏人……"昌幸苦着脸道。

源二郎苦笑道："哎，角兵卫，怎么不回答父亲的问话？"

"讨厌！"

角兵卫一字字喊道。

昌幸脸色大变，喝道："臭小子，你说什么？"

话音未落，只见角兵卫突然转过身来，尖酸刻薄地说道："姨夫，不，大人——"他的语气突然郑重其事起来，"大人的长子是谁？请您告诉我。"

"说什么呢？你这家伙……"

"您的长子是岩柜的源三郎信幸公子，难道我说错了？"

昌幸一言不发地瞪着角兵卫。

源二郎代替昌幸答道："当然是这样，你为何明知故问？"

____

① 屋内没铺地板的地面或只是三合土铺面的地方。

“多嘴！”

结果，源二郎亦被搞得火冒三丈了。只听角兵卫继续说道——

“我没问源二哥哥，而是问安房守大人呢！”

他“噌”地站起身子，向窗格靠了过来。

昌幸和源二郎受不了角兵卫那庞大身躯散发出的异味，不觉向后退了一退。

“我要告诉安房守大人，传承真田氏衣钵的人是您的长子——源三郎公子！如果您违背世间的常理，让那些自作聪明之人继承了家业，那您眼前这个樋口角兵卫就会化作恶魔的使者，永远怨恨您。纵然拧断自作聪明者的脑袋，亦是在所不惜！”

那嗓门大得足以震破禁闭室的板壁。

真田昌幸不禁愤然，将手伸向刀柄。源二郎连忙摁住父亲即将拔刀的手，将其领到了禁闭室的外面。

没有人从远处的哨所出来。

“这家伙，阿角这小子……”

“父亲，您明白了吧？”

“哦……”

父子二人一时间伫立在那里，仰望着天空。

昌幸慢慢恢复了平静，冷冷一笑，嘟囔道：“阿角这小子果真是个魔鬼！”

正在这时，禁闭室内传来了角兵卫的哭泣声。他不停抽噎着，那绝望的哭泣声听来完全不符合角兵卫的性格。

这才是一个十三岁的孩子应有的哭泣声呀。

昌幸和源二郎面面相觑，一时不觉哑然。

第叁话

虽说源二郎天生伶俐，但到底是十七岁的年轻人，就这样介入父亲和父亲藏匿的情人之间为他们费心费神策划一切……

某日，真田昌幸去了阿德的住处，只由源二郎和向井佐平次陪同。他命人端上酒来，似乎打算和阿德共度两个时辰。

源二郎知趣地说道："我和佐平次一起去外面等候吧。"

昌幸一听，急忙劝阻："不用，就待在我身边好了。"

他大概是担心只剩他和阿德两人时，对方会再提什么要求。

但是，阿德十分平静。

昌幸劝她道："去名胡桃安心生孩子吧！无论怎样，你都如同我的家人了，这里有我的儿子源二郎。之所以在他面前说这些话，你明白我的心意了吧？"

"是。"阿德低下了头，"源二公子，实在不敢当。"

"嗯。这样就好，好、好！"

昌幸好像有些感动，不停眨着眼睛。

源二郎在身边，再加上阿德……此情此景，似乎勾起了昌幸的某些回忆。

阿德初时曾因只身一人被送往名胡桃而惴惴不安。当听到真田源二郎要亲自带队护送，她顿时诚惶诚恐，忙说：“这怎么敢当呢……”但整个人一下子就精神起来了。

虽说源二郎肯定不会和阿德一起留在名胡桃，送到后就会返回砥石，但阿德从未想到他会待自己情同亲人一般。

“只要有源二郎公子在身边，我就不会轻易陷入危险之中了。”阿德坚信这一点。

阿德还记得被角兵卫袭击时，源二郎是如何保护自己的，那时她就明白这一点了。

阿德不过是真田昌幸藏匿的女人，并不是被正式承认的“侧室”。她原本是沼田铁炮足轻的妻子，看上去十分土气。

对此，阿德深有自知之明，所以也一直不明白源二郎为什么如此厚待自己，感觉十分不可思议。

源二郎随昌幸一起从阿德的住处走出，笑容满面地点头说道：“阿德夫人，那明晚见了！”而后又压低声音，好像怕昌幸听到似的，接着说道，“有朝一日，您还会回到这里的。”

有孕在身的阿德，容颜已憔悴不少，这时脸上却也渐渐有了血色。

“源二公子，我真是太高兴了。”

“父亲也一直盼望着呢，放心好了，阿德夫人。”

“嗯……”

真田昌幸没有回砥石，而是单枪匹马直接去了上田。

“源二郎，拜托你喽。”

“是。”

“若见到岩柜的源三郎，就把上田的情况详细说给他听。”

“是。”

“那我走了……”

昌幸轻轻一蹬马腹，丢下源二郎和佐平次，顺着树林旁的道路疾驰而去。

“佐平次，我们走吧！”源二郎掉转马首，说道，“今晚，要好好和茂枝道别哟。”

“是，我会的。”

“你这小子，真是厚颜无耻……”

——茂枝还没有以身相许呢。

虽然昌幸、源二郎都答应了二人的婚事，但茂枝坚持没喝交杯酒就不能以身相许。这就是她倔犟的地方。

“近来，天气一直都很暖和晴朗嘛。”

“是呀。如果到达名胡桃之前，一直都是这样风和日丽的好天气，那就太好了。”

“是呀。至少在我们越过碓冰垭口前。”源二郎一副少年老成的口气，自言自语道，“阿德夫人越来越行动不便了……”

纵然是佐平次，亦无法理解源二郎对阿德这种如母亲、如姐姐般的珍视感情。更让他不解的是，安房守昌幸竟也认可了这一切，而且将阿德的事情全权委托给了源二郎。

虽说源二郎天生伶俐，但到底是十七岁的年轻人，就这样介入父亲和父亲藏匿的情人之间为他们费心费神策划一切，说来当真有趣得紧。

话说回来，将要陪源二郎踏进从未去过的上州一事，总归是让佐平次激动不已。

第肆话

阿德一行原本决定当天夜里出发，经鞍挂八郎劝说，改在了翌日的天色未明之时。

两个忍者牵着载有阿德轿子的马的缰绳，另两名忍者一前一后，负责众人安全。源二郎、佐平次和鞍挂八郎则骑着马。

四个忍者即使是在他们策马奔腾时也不会落在后面。佐平次是学不来这些的。

源二郎在和父亲昌幸一起看过关押在禁闭室的樋口角兵卫后的第二天，也就是出发的前一天，对大家说道："我要带八郎和佐平次去趟岩柜。"随后便离开砥石去到阿德处，等待翌日清晨。

万事俱备。

天犹未亮，一行人便在弥漫的雾色中上路了。

如果能在天亮前离开上田就太好了。

朝阳悬挂高空时，一行人已经早早到达了上田以东三里的地方。

武士装扮的只有源二郎一人。

此时，佐平次、八郎都已下马。保护阿德的六个人看上去都像源二郎的随从。

今天晴空万里。

他们行走的这条道路可以从右侧俯瞰千曲川，渐渐向上延伸，已经到达浅间山的山腰处。

源二郎有时候会骑马上前询问轿中的阿德："你感觉还好吗？"或者说："如果觉得不太舒服，请尽管说出来，别客气。"非常细心体贴。

阿德已经很久没到过如此宽广的天地间了，所以总是回答："感觉非常好！"——这并不是撒谎。

刚过正午，一行人已到达小诸。

小诸位于浅间山山麓的台地之上。

千曲川自西向南流淌，顺着南佐久山间向上走就到了甲武信岳。

山的对面就是甲斐国。

正因为此处是连接甲、信二州的要害地区，所以天文十二年武田信玄一夺得此地，便大规模建城，将其作为侵略信州的根据地。

建在面临千曲川断崖上的小诸城，眼下由德川家康麾下的依田康国守护。

武田家灭亡后，小诸城本归属泷川一益，但织田信长突然死去，一益遂率兵离开了上、信二州，关东的北条军趁机侵入，占领了城池。

自此之后，德川、北条两军在此地至甲州间战事不断，最终由德川一方的依田信蕃击退北条军，进驻小诸。

现任城主依田康国是信蕃的长子。

先行在前的忍者返回，向鞍挂八郎禀报了些什么。

八郎领首，策马靠到源二郎身旁道："我们最好避开小诸赶路。"

"这样啊……"

"最好不要……"

"好的，我明白了！"

忍者在前面带路，一行人开始沿着浅间山山腹中千回百转的羊肠小道慢慢前行。

到达小诸城下，如果被城池的卫兵发现了，源二郎打算开诚布公地告诉他们自己是真田安房守的次子。

现如今，真田家和德川家康似乎建立了同盟关系，或许小诸的依田康国早就探得了真田昌幸在上田筑城一事，并且报告给了家康。

不过，家康并没有责备昌幸的意思。

所以，途经小诸应该也没什么可担心的吧。一行人只是不想让人看到阿德，只想偷偷将其送到名胡桃罢了。

避开那里毕竟是上上之策。

浅间山中缓缓升起阵阵烟气，飘向澄明的天空，没有一丝风，空气却格外冷。

"早晚呀……"源二郎对佐平次说，"早晚这小诸城也是父亲的。"

"真的？"

"嗯，我们必须将连接上田和沼田的各条道路都收入囊中。"

"噢……"

"而且……"

"哎？"

"迟早有一天……"

源二郎说到这里，突然微笑不语。

"您说迟早有一天会怎么样？"

佐平次等着源二郎继续说下去，源二郎却保持沉默。就在佐平次快要忘记他们的对话时，他又突然说道："迟早有一天，佐平次会和茂枝一起在沼田城生活吧。"

"我……去沼田？"

"嗯。"

"还能待在源二郎公子的身边吗？"

"如果你不愿意离开我的话。"

"我不会离开的。"

"这可是几十年后的事情哟。"

"几十年？"

"嗯，快！你也上马吧！"

源二郎一副若有所悟的表情。

一行人在小诸北面迂回，傍晚时分赶到了长仓的村落。

他们住在了长仓村外的一处寺庙中。

这座寺庙是真田家的忍者们一直使用的。

"这座寺庙叫什么名字？"

"我也不知道，佐平次。"

为了保持沼田和砥石的联络，真田昌幸便准备了这样一个场所。忍者有任务时一般都不会在此住宿，而是连夜赶路，但家臣们无论如何总要住上两晚。

两地需要输送货物、人力时，则以岩柜城为中心进行。不过，入冬后，吾妻高原会被大雪封闭，那就十分不方便了。总之，在上田城完工之前，源二郎一行能走的只有这条路。

这条路连接上州、甲州和信州，自古以来就开拓出了。

正如源二郎所说，不把小诸城收入囊中是不行的，对未来的真田家来说，这是一条至关重要的通道。

"怪不得昌幸大人必须跟德川家康交好。"

佐平次这下总算是明白了。

留宿长仓寺庙的翌日，一行人取道轻井泽，越过碓冰垭口。幸运的是，天气一直很好，唯独越过垭口时竟有雪花飘来。

碓冰垭口就在上、信二州的交界处。

雪并不大，靠上州一侧的地方，还能看见晴朗的天空。

"啊……"

寒气突然消失了，让佐平次情不自禁地大喊起来。

随着不断下行，天气越来越暖和，源二郎好像是对着轿子里的阿德说了些什么，大家听到了阿德的笑声。

今天，一行人住在了安中外的法正寺内。

真田家在安中也曾拥有过城池。

故城主安中忠成是归顺武田家的一员悍将——据说，长筱之战中，自忠成以下连一人一马都没有回来。

和织田信长在长筱交战时，武田氏吃了败仗，受到重创。

安中城内现已杳无人烟，荒芜萧条。

"我的两个伯父也在长筱战死了……"

留宿法正寺的那一夜，源二郎对佐平次和鞍挂八郎讲述道——

"现在想来，仍觉得那是一场十分血腥的战争，对武田家来说，这是一场无法挽回的战役……不过，也正因为两位伯父去世，我父亲才成了真田家的当主。"

　　源二郎似乎觉得命运弄人，接着又道："正因父亲成了当主，才会有上田筑城一事，才会有我们送阿德夫人去名胡桃这样的事。真是不可思议呀！"说着，他轻轻敲了敲佐平次的头，"如果我现在死了，你的命运也会改变的。"

　　"您说什么呢？"

　　"恼怒了呀，佐平次？"

　　"未来的事情，我可是一点都不知道——这就是人。"

　　"哦……这是你说的，佐平次？"

　　"是呀，是我说的。"

　　"你说的这些不是大彻大悟的话嘛。"

　　"是的，我认为就是这样。"

　　这时，一直旁听二人谈话的阿德似乎深有同感，插口附和道："确实就是佐平次大人所说的那样呀……"

第伍话

翌日，依旧晴空万里。

"真是一次充满吉兆的旅程呀。"源二郎老成持重地对阿德说道，"看来，未来只有好运等着您呢。"

"是。让您费心了。"

"我源二郎一定不会给阿德夫人带来麻烦的，不必担心！"

"是。"

"安心生一个健康的孩子吧！"

源二郎稳重地对阿德说着这些，佐平次看看此时的源二郎，真不敢相信这是个只有十七岁的年轻人。

从安中出发，一行人沿榛名山山脚向东走去。这附近有一座箕轮城，正由关东北条氏控制。跟小诸相比，那地方更得绕开走了。

大约二十年前，箕轮城的城主长野业正曾辅佐日渐没落的关东管领上杉氏，君临上州地区，是一位了不起的大将，人称"上野国的黄斑"。

所谓"黄斑"，指的就是老虎。

业正对抗武田信玄及北条氏的进攻，在关东管领流亡到越后上杉谦信那里后，甘愿成为谦信麾下的大将，成功防卫不断攻来的武田军队。

永禄四年，长野业正病逝，箕轮城不堪武田军队的猛攻，最终沦陷，此后便一直由武田氏支配。武田氏灭亡后，织田信长又将这里赐予了统辖上、信二州的泷川一益。

结果，和小诸一样——泷川一益离开之后，箕轮城被北条军不失时机地夺走了，目前的城主是北条氏尧。氏尧是北条氏康的第六个儿子，是现任小田原城主的北条氏直之叔。

从织田信长死后的小诸城和箕轮城这两座城池的现状来看，不难知道上州和信州当前的形势如何。

小诸现在由德川家康控制，而箕轮则回到了北条氏政、氏直手中。

而且，不管是小诸还是箕轮，对上、信二国来说，都是至关重要的地区。倘若这两座城分别置于不同的两大势力之下，掌控砥石、上田和岩柜、沼田一线的真田势力势必不能随心所欲地活动。

德川家康很早就开始觊觎武田氏灭亡后的甲州地区，但对上、信二州则无暇兼顾。

羽柴秀吉决意继承信长夺取天下的心思，已然十分明了。中央地区的政治局势如风云变幻。对和秀吉实力在伯仲间的家康来说，他是不可能卑躬屈膝向秀吉低头的。

北条父子正是看准了德川家康无暇顾及上、信二地的空隙才开始行动。而家康则似乎有意压制北条父子，以便单独继承武田氏的巨大遗产。

甲州已经是家康的了。

根据真田家忍者的报告，小田原城下已做好充分的战前准备，情况动荡不安。

北条的一举一动陆续传入德川家康耳中。家康似乎在考虑："不妨先携手真田昌幸，共同压制北条父子。"

不过，一向慎重的家康并未对昌幸作出明确的承诺。

对上田筑城这件事，家康接到昌幸的请求，采取的也是默认的方式。

"德川跟北条都是老狐狸！"不管怎样，昌幸必须利用两大势力都想将自己夹在中间以牵制对方这一机会——"如果我们实现不了上田筑城的大业，就会一直处于弱势，无法参战。"

于是，昌幸横下心来，着手上田筑城一事。

源二郎一行人离开安中，尽量避开箕轮，向南迂回，不久就到了一块盆地，细长的盆地夹在赤城山和榛名山之间，他们现在就要开始沿着盆地向北走了。

利根川流经这个盆地。泷川一益先前驻守的厩桥城也在这附近，但目前正被北条军牢牢控制。

"不可掉以轻心。"

鞍挂八郎请阿德也下了轿，而后便把轿子折叠起来，放在了马背上。

"不必惊慌！"源二郎对八郎说道。

"是。"

两名忍者一直先行在前。

　　鞍挂八郎似乎对这周边的地形相当清楚。

　　他轻车熟路，领着一行人穿过台地下方的树荫——榛名山麓的丛林。

　　本该穿行于箕轮、厩桥两城之间才对，但佐平次现下完全弄不清楚是要往哪里走了。

　　昨天，佐平次初次看到造型奇特的妙义山时，还有功夫欣赏一番。而今天虽说这榛名山、赤城山就在眼前，但气氛太过紧张，弄得他完全没有了欣赏的兴致。

　　真田源二郎翻身下马，边走边悠然说道：“佐平次，这样一来，你就把上野的三大名山都看到了呢，很幸运吧？”

第陆话

像今晚这样面露苦恼，连声音都充满郁闷的源二郎，佐平次还是第一次见到。

夜色降临后，源二郎一行总算将厩桥、箕轮二城远远甩到后面去了。

"这就安全了。"

鞍挂八郎汇报情况时的话音听来轻松愉快。

阿德再次上了轿子。

"我们今晚要露宿野外吗？"

"不是的，源二郎公子，交给我好了，您再辛苦一会儿……"

此时，在黑暗中，右侧传来利根川的溪流之响。

"这边请。"

一行人被八郎引导着向右转继续前行。这是杂木林中的一条羊肠小道。而后，他们似乎走了很长时间，又拐了几次弯儿，穿过树林、田间，渐渐走到了一个上坡路上。

"八郎，这是往榛名山走吗？"

"对……马上就能看见了。"

正在这时，先行在前的忍者悄无声息地返了回来。

"怎么样？"八郎问道。

"有忍者从沼田赶来了。"

"噢，是吗？"

前面的林中确实出现了火把的火光。这时——

一个黑影突然出现，跑上前来，俯身跪在源二郎的马前。

鞍挂八郎将这位看似五人头目的中年男子介绍给源二郎："源二郎公子，这位是沼田城的忍者——间野兵介。"

"哦，是这样呀。您辛苦了！"源二郎落落大方地客套道。

"不敢当。"间野兵介说道，"从您离开安中之时，我们五人就一直悄悄尾随在后了……"

如果源二郎一行遇到危险，他们就会立刻现身营救。

这是矢泽萨摩守接到真田昌幸手下特使的报告后，特意安排的。

虽说同在上州，但要经过北条控制的地区，还是有所顾忌的。因此，矢泽萨摩守派遣忍者暗中保护源二郎一行。

间野兵介命令其中一名忍者："速去禀报城代大人。"然后，他和剩下的三名忍者一起在前面开道带路。

穿过丛林，草原开阔起来，眼前就是房屋宅院的大门了。

这便是具备名主、地侍双重身份的吉冈源五兵卫的住所。吉冈源五兵卫自真田氏入主沼田以来，誓死忠于安房守昌幸。据兵介说："沼田平八郎进攻沼田城时，真田大人对我们鼎力相助，让人铭感五内。"

出现在源二郎面前的吉冈源五兵卫是位白发苍苍的老者，看上去已经六十多岁了，但气色非常好，精神矍铄。

"前来打扰，诚惶诚恐。"源二郎郑重其事地寒暄道。

此时的源二郎完全没有趾高气扬的姿态，却仍不失将来必为城主的威严气质。佐平次高兴地想着："真是位可以信赖的人呀……"

热热的粥饭再加上美酒，大大的地炉中炎炎烈火，简直无可挑剔。

幸运的是，阿德没觉得任何不适。看上去似乎还一天比一天精神起来，热乎乎的粥，喝了一碗又一碗。

"您食欲很好呀！"源二郎吃惊地说道。

"不是这样的……是肚子里的孩子想吃呀。"

"哦……是这样呀。"

"是的。"

"不管怎么说，安全到达这里，比什么都好。明天就能到名胡桃了，那样就安全了。"

"真是辛苦您了。"

"什、什么呀，没有的事儿。"

总之，源二郎关心阿德、鼓励阿德的样子，在佐平次看来非同小可。

阿德去卧室后，佐平次与鞍挂八郎正打算在源二郎面前退下时，源二郎忽然说道："佐平次，和我一起睡吧。"

"啊？"

"没关系，过来吧。"

源二郎和佐平次去了另一间卧房。

上床后，佐平次似乎马上就能睡着。

"喂……"

"嗯？"

"困了吗？"

"啊……"

"那就不勉强你了，一定累坏了。"

"没有……您有什么事情要吩咐吗？"

"没有什么特别的事情。"

"您尽管说好了。"

"没什么重要的事，只是……只是，你……"

"我？"

"佐平次，无论什么时候，你都不会离开我吗？"

"我都说过好多次了。"

"嗯……那样我们就是息息相通了。如果出了什么事而你却不理解我，我会很难过的。你说没指望我出人头地，而且无论何时都会陪在我的身旁，你不会改变心意吗？"

"绝对不会。那样我也会心情愉快……这也是我任性的地方吧。"

"像你这样的男人，都会有几十个家臣，还能直接为我父亲效劳，你不羡慕吗？"

"不。都是一样的。"

"嗯……"

源二郎沉默良久。

佐平次等着少主发话，突然听到黑暗中传来源二郎那嘶哑的声音，宛如一位老者："好，这样就好，今晚可以安心睡了。"

佐平次突然坐了起来。

他无论如何都没料到那是源二郎的声音。佐平次甚至怀疑源二郎是故意装出这种声音来捉弄自己。

凭借烛台的灯光，可以看到源二郎双目紧闭的侧脸。

"睡觉，佐平次！"源二郎闭着眼睛说道。

那听来就像是与病魔作斗争的老人的苦闷呻吟。

"是。"佐平次说完就躺下了，心里琢磨着源二郎到底是个什么样的人。

佐平次此时的困惑，比当时面对变幻莫测的忍者阿江时，还要强烈。

源二郎说是十七岁的青年，却未脱稚气。这一点，二十岁的佐平次观察得十分清楚。他眼中的源二郎总是一派童稚。

然而，源二郎那机敏的言行和成人都难以企及的敏锐，又屡屡让佐平次惊叹不已。

像今晚这样面露苦恼，连声音都充满郁闷的源二郎，佐平次还是第一次见到。

"为什么呢？到底是为什么？"

佐平次想着想着，再也抵不住疲劳，沉沉地睡去了。

第柒话

翌日清晨。

真田源二郎精神饱满。他亲自将阿德扶上轿了，安慰道："今天
是最后一天辛苦了。"

一行人沿榛名山东麓向北而去。

听间野兵介说，沼田方面已经派出数人暗中保护源二郎等，直
至到达名胡桃。

不过，知道阿德在轿中的似乎只有城代萨摩守和忍者。沼田的
家臣则都认为是源二郎公子微服出行，前往名胡桃。

当朝阳升起时，一行人已经抵达了利根川和吾妻川的交汇之处。

对曾经多次从岩柜到沼田的源二郎信繁而言，此处无疑是个十
分值得留恋的地方。

榛名山与小野子山之间有一条山路，顺着吾妻川沿此路向西走，
大约十四里地就能到岩柜城。

今天，这一行人心中没有任何不安感。

他们到达真田氏的地盘了。

这山路十分平坦，而且可以俯视利根川。利根川对面是赤城的山脚，在山脚向北凹陷的地方，隔着片品川的台地，就是沼田城。

沼田城来的忍者中，只有间野兵介陪伴这一行人，其他三人始终前前后后地观察着周边情况。

正午过后，前方右手处的盆地越来越广阔了。

这是三面环山的沼田盆地。

"果不其然，赤城山既雄伟又气派呀。"

向井佐平次今天也是兴致盎然地观赏了一番赤城山的山容。

"或许有一天，你会和茂枝一起在这里眺望着这座山生活。"

源二郎又一次说出了颇具预言性的话。

佐平次盯着回头张望的源二郎，只见他笑容满面地说道："呵呵……到那时候，你们说不定会有五个孩子。"

虽有笑意，眼神中却全无喜悦之情，洋溢着的只有坚毅之光。

"好像话中有话……"

佐平次有些不快，把目光从源二郎身上挪开了。

"看，佐平次！那就是沼田城了。"

源二郎扬鞭指向前方。

城池建在盆地南面的丘陵上。

北面是薄根川，南面是片品川，西面则有可以俯视大利根河流的台地。佐平次放眼望去，看到沼田城的威容，不禁颔首暗赞："果然名不虚传……"

正因为三面都很广阔，所以一下就能看清楚城池的出色建构。和砥石城一样，城郭分别建在细长山脉的各处，城池的全貌一望可知。

佐平次强烈体会到真田昌幸誓死保卫此城的热切之情。

织田信长死后，北条军曾一路追击厩桥的泷川一益，半途中突然杀向沼田。萨摩守矢泽赖纲替代岩柜的昌幸，指挥军队迎击。

昌幸绝对信任叔父矢泽赖纲，甚至曾说："萨摩守做什么，就如同我在做一样。如果叔父输了，那我就算在沼田也一样会输。"

昌幸从岩柜派去援兵，坚信沼田会取胜，没有丝毫怀疑。

结果，北条军的确没能攻下沼田，只得撤至厩桥。

从那以后，厩桥和沼田就形成了对峙局面。所以，源二郎一行人通过厩桥时，特别需要忍者们的暗中保护。

"听说去年北条军进攻沼田时，矢泽爷爷亲自挥舞'小烧松'上阵，取了敌人十五颗首级呢。"

源二郎在马背上摇晃着，自豪地说道，两眼放光。

"小烧松？"

"嗯，我还没给你讲过吧。"

"是的。"

"小烧松"是矢泽萨摩守最喜爱的长矛。

矛头看上去如同松明（火把）一般明亮，所以萨摩守赖纲给它取了这样一个名字。

几乎就是去年的这个时候，北条氏邦指挥着三千五百名北条军前来攻打沼田。而矢泽赖纲仅率领了五百士兵便冲向沼须原，激战敌军将领猪俣能登守所指挥的一千五百名士兵。

萨摩守赖纲时年五十二岁。

"将敌军打得落花流水，真田军共取回首级三百……"据说，赖纲就是以如此战绩，英姿飒爽地返回了沼田城内。

“不愧是叔祖父呀。”源二郎狂喜不已。

源二郎和哥哥源三郎都曾由这位叔祖父亲自教授刀、枪的使用方法，还曾被传授马术。

因此，源二郎特别佩服年迈的叔祖父身上那股英武之气，为之倍感自豪。

身后的沼田城越来越远，利根川的河床却越来越广阔了。

“马上就到名胡桃了。”鞍挂八郎说道。

源二郎虽到过沼田多次，但到名胡桃还是首次。也从未见过城主铃木主水。

此时，先行在前的两名忍者返回，汇报道：“名胡桃城已有数人前来迎接了。”

家臣师田赖母代表铃木主水，率二十骑兵，井然有序地沿山道走来。

源二郎骑马靠近阿德的轿子，提醒道：“马上就到了。”而后便跑到前面去了。

师田赖母是个五十岁上下的汉子，一看到源二郎，立刻下马说道：“小人乃是代表城主前来迎接公子等人的。”

“辛苦您了。”

赖母好像多少知道些护送阿德的事。由此可知铃木主水充满诚意，似乎对事情心中有数，命人前后保护一行人，带领大家进城。

离开利根川沿途，道路沿微微倾斜的山腹变得蜿蜒曲折。这条路是特意整修过的，路面之所以宽敞，也是因为平日里不断进行养护。

走了一会儿，便看见了前方高处那侦查用的城楼，以及栅栏环绕的木门和站岗的哨所。

师田赖母劝大家在哨所稍事休息，但源二郎谢绝了："不必了，继续走吧。"

通过哨所，眼前呈现出一个小小的盆地。

可以看到远处有仆人住所及老百姓的房屋屋顶，左面还有名胡桃的土筑堡垒及城楼。

这是一座被茂密的树林环绕的小城。

"铃木主水大人好像只有一个儿子吧……"

师田赖母答道："是的。名叫小太郎。"

"哦，好可爱的名字呀。年纪尚幼吧……"

"十岁了。"

源二郎曾有耳闻——铃木主水的两个儿子和一个女儿相继病死，只留下一个年幼的幺子。

第捌话

在上越线中，群马县沼田车站的前一站名唤"后闲"，以前只是山间的一个小站，距离三国街道七里。巴士经汤宿、猿京等颇具乡土气息的山中温泉，可到达三国垭口谷底的法师温泉。那时的法师温泉，地处没有任何电源的山里。一到早春时节，圆木制造的大浴槽对面就会传来家中女人们惬意悠闲的声音："快看，多漂亮的小蛇呀。"

每逢春天，定会有青色的小蛇从洞穴中爬出，缠绕在浴室的梁上，遇到温泉的热气就会掉进浴槽中。我也曾多次在澄明的温泉中看到游来游去的小蛇。

初夏时节去的话，深深的谷底似乎通体都被染成了绿色。

深夜，炉旁，投宿处的主人一边为少年时代的我烤着年糕，一边说着："上杉谦信大人就是越过三国垭口，从越后去关东打仗的。"

那个时候，周围寂静得都令人头痛，走廊会传来女人们轮流看护火炉时敲的梆子声。

如今，在城市的孩子眼里，那种充满神秘感的投宿山中温泉的深沉韵味已经烟消云散。特别是周边出现了人工湖以后，沿途的观光旅馆也就鳞次栉比地排列起来了。从后闲越过三国垭口，一直通到越后的道路铺设完毕后，一到观光季，观光巴士便排着队来了。

上杉谦信的军队借助三国街道[1]屡屡挺进关东，应该是夺取沼田城之后的事了。君不见那一路上兀自留有上杉军的故迹和城址？

那时的名胡桃城，毋庸置疑乃是上杉氏的属城。

话说回来——铃木主水的名胡桃城，就建立在离现在的后闲车站很近的月夜野町的那个鸟嘴状突出的悬崖之上。

真田源二郎一行人进城看到的这个小盆地，就在这崖上。

如今的农田中就有原来的正门、外郭、北郭，现在虽都变成了农田，但依然保留着原有护城河的遗迹，而且贯穿着三丸、二丸、本丸，清晰可见的护城河总会勾起人们对往昔岁月的追忆。

本丸是处小小的城郭，最前端隔着沟渠有用于侦察的城郭。

站在这里，可以看到利根川自东南向西北流淌，对岸左手稍远些的地方就是后闲车站。列车离开，回首眺望沼田方向，会发现沼田城渐渐隐没在山中，很快就看不到了。

源二郎一行人正是途经这些山路，到达名胡桃的。

城主铃木主水的住所在城池内的二丸处。矮矮的石垣墙，又围上一圈土墙，宅邸建造非常牢固，但也确实质朴。佐平次暗暗比较一番，觉得还是砥石的宅邸气派。

---

[1] 从北陆街道之寺泊宿（新潟县长冈市）通往中山道之高崎宿（群马县高崎市），是北方诸侯南征关东时的必经之路，因两县交界处的"三国峠"而得名。

　　不过，将城池层层围起的土墙、挡墙之类的，倒是十分坚固。因为这里不同于砥石、岩柜是山城，所以面积虽小，如若有敌人来攻，目前这样程度的准备还是相当充分的。佐平次也有同感。

　　出来迎接源二郎和阿德的铃木主水，此时四十二岁，听说夫人荣子年长两岁。荣子居住在二丸北侧的馆内，阿德以后也将在此度过日日夜夜。

　　铃木主水和源二郎乃是初会，寒暄之后，他目不转睛地看着源二郎："哎呀……真像是看到了年轻时的安房守大人啊！"

　　"我和父亲真的那么像吗？"

　　"是呀。"

　　"应该不会那么像吧……"

　　"不，很像。连声音都很像。"

　　主水不论怎么看都是个身材矮小的人，但满是肌肉的身体犹如磐石一般硬朗。

　　源二郎是第一次见到主水，哥哥源三郎信幸倒是曾在沼田和名胡桃先后见过他两次，并且曾告诉源二郎："铃木主水这个人，可是个落地生根的人呀。"

　　主水脸上皱纹很深，一笑起来，右脸颊还有个酒窝。他的声音虽然低沉，却是掷地有声。

　　源二郎忍不住又想起了哥哥的话："（主水）的确是值得父亲信赖的人，不过，要是让他替父亲做岩柜或砥石的城主，那就有点不妥当了。原因嘛——总感觉他如果拥有一座很大的城池，一旦面对强大的敌人，只怕尚未开战就会成为俘虏。铃木主水不如父亲，但仍称得上是一位仁义之士。"

而且，源三郎当时还评价过主水之子小太郎："主水大人曾有过好几个孩子，但最后只剩下一个男孩，非常可爱。去名胡桃的时候见到过……是个像小白兔一样可爱的孩子哟。"

从那以后，每有从名胡桃城来岩柜的使者，源三郎一定会问："白毫子好吗？"这已经成了一种习惯。

"白毫子"指的是小白兔，作为一个将来要继承城主之业的男孩的爱称，似乎过于优美柔和了。

"小兔子还没上过战场吧，哥哥？"

"是呀，源二郎。主水大人前面那几个孩子都是相继病逝的，这个白毫子看上去也是弱不禁风，我也很担心呢。"

因为是父亲昌幸信赖的城将，所以源三郎很关心将来继承铃木主水大业的男孩的健康状况。

主水的夫人带着小太郎出现在主殿的大厅时，源二郎差点儿拍腿说道："果不其然，真是只白毫子啊！"

据说小太郎当时十岁了，但瘦弱的身躯看上去像个只有七岁的孩子，面貌很像美丽的母亲荣子，白白净净的。

主水的夫人看上去好像体弱多病——源二郎后来才听说，自嫁给主水以后，荣子从不曾睡得很好，身体始终不太强健，换言之便是绷紧神经，拼命克服着身体上的不堪一击。

孩子们应该都是遗传了荣子的体质吧。

"在下名叫小太郎忠重。"小太郎自我介绍道，声音像少女一样温柔。

哦，这就是白毫子呀——源二郎差点儿就要脱口而出，赶紧闭上了嘴。

　　的确，小太郎的性情十分温顺，似乎也没有潜心学习武术、学问之类的，就连马都没骑过。看着眼前这样一个小太郎，家臣们私底下议论纷纷——

　　"一点儿也看不出大人的风范呀。"

　　"确实如此。"

　　"或许这名胡桃城就止于大人这一辈了。"

　　但在铃木主水看来，不失去小太郎才是头等大事。

　　如果情况这般糟糕，那让侧室再生个孩子也未尝不可，但主水自打娶了荣子以后，就没再正眼瞧过其他女人一眼。

　　"和我们的父亲可是截然不同呀。"源三郎曾苦笑着对弟弟如此说道。

　　所以，主水才不敢大大咧咧地让小太郎骑马、持矛，害怕万一有个闪失。

　　"不必着急，一城之主是用不着持刀枪上阵的。"重臣们嘴上如此说，其实则是暗想，"大人，您不能这样溺爱公子！"主水虽也知道大家的议论，却是置之不理，继续宠溺小太郎。

　　幼年的小太郎好像睡眠质量也不好，果真体弱多病。

　　此时，料定是谁都不会想到这个小太郎在真田源二郎、佐平次死后又活了数十年，以八十五岁的高龄寿终正寝。

　　是夜，源二郎回到卧房，问佐平次："看到那只小白兔没？"

　　"看到了。"

　　"真让人放心不下呀。"

　　"的确如此。"

　　"不过，倒是很可爱。"

“是呀。”

“像个玩偶一样的孩子。”

“这……”

“主水大人的确是位仁义之士。”

“是呀。”

“不过，真可怜。”

“啊？”

“好像还没打算开始训练小白兔呀。”

“你这样说……”佐平次看着直言不讳的源二郎，惊呆了，“您的声音太大了吧。”

“啊……我知道了。”

“您什么时候离开？”

“虽不应该陪小白兔玩儿，但如果我立刻离开，阿德夫人可能也会不安。我们就在这里留上两三天吧。”

“好呀。”

“不过……”

“怎么了？”

“太可爱了，那个小太郎。我终于明白哥哥为什么那么疼爱他了。听话而且令人怜惜，让人特别愿意亲近。”

“是呀。”

“不过，光这样还是不行呀。”

第玖话

源二郎在名胡桃住了三宿。此间，鞍挂八郎等人回沼田和岩柜城，报告一行人平安无事，又立即返了回来。

阿德住在北面城郭的主水夫人荣子的馆内，并且还有两名侍女专门服侍她，荣子也是悉心照料。

荣子生育了四个孩子，却有三个病死，所以深知腹中的孩子现在正是要紧的时候，在阿德开口之前，就已经开始多加照顾她了。

"现在放心了吧？感觉还可以吗？"

源二郎刚一询问，阿德便泪眼盈盈地答道："真的是太感激您了。"

"那就好，这样父亲大人也放心了。"

"请您一定一有机会就向主公大人酌情说说……"

"好。那么，阿德夫人，我明早就离开名胡桃了。"

"给您添了这么多麻烦，真是……"

"别这样说。其实，我真没想到名胡桃会如此令人惬意，周围都是亲切之人。我想，阿德夫人您肯定也清楚这不是表面现象吧？"

“是的。”

“可能做不到一个月来看你一次……这样吧，每三个月，我会派鞍挂八郎来名胡桃城一次，到时候，你有什么事情都对他说吧。”

“这……不必这么麻烦了。”

“不，这是我乐意做的事情。就算有什么对父亲不好开口的事情，也尽管让八郎转告我。”

“真是太麻烦您了。”

此时的阿德看上去文文弱弱、温文尔雅，与以前住在真田庄附近那处树林环绕的住所，和真田昌幸嬉闹时的模样完全不同。

阿德本是沼田城铁炮足轻冈内喜六的妻子，没有战争时，就和丈夫一起干农活儿，喂牛、喂马。真田昌幸不年轻了，但就是喜欢这女人豁达的野性，他说：“无论如何都离不开阿德呀。”所以，从岩柜迁往砥石时，偷偷将她从沼田带了过来。

晚上，在主殿的大厅为源二郎举办了送别宴。

阿德本来也打算参加，但主水夫人劝道：“最好不要如此劳神。”这样一说，阿德也就留在了北面城郭，没有出席。

源二郎看荣子如此体恤，不禁暗暗心想：“这样的话，就没问题了。”心中越来越踏实了。

荣子是中山城的城主安芸守之女，后来嫁给了铃木主水。她的娘家中山城和岩柜城一样是吾妻郡的地区，但眼下已然被北条氏强夺了去。

中山城位于吾妻郡的东端，离岩柜较远，离沼田城挺近。北条就这样将真田的势力一分为二。

荣子之弟——中山城的九兵卫实光——现亦寄身于名胡桃城。

前来与源二郎进行寒暄的中山九兵卫据说还不到四十岁，但看上去像五十多岁，面色阴郁，看不到一点生机。

铃木主水对这个失去居城的小舅子似乎十分照顾。

中山九兵卫眼神简慢地不断瞥着一副老成模样和姐夫说着话的源二郎，一边一言不发地喝着酒。

很明显，九兵卫心里一定在想："黄口孺子，装模作样。"

他的所思所想，立刻在眼神中就表现出来了。

"是个没有度量的男人呀。"源二郎是这样看九兵卫的，但并没有表现在脸上。

向井佐平次因为身份低微，所以没有出席晚宴。

他先回卧房为源二郎作睡前准备去了。

不久，源二郎就兴致盎然地回来了，嘴里说着："啊……喝醉了……"

源二郎自从两年前和哥哥偷喝过酒，至今还感觉余味犹存，所以今天毫不推辞地交杯换盏。

"真是酒量很大呀。"

连铃木主水都感觉吃惊。

"明天一早就得出发，赶紧休息吧。"

"等等，佐平次，我有话要对你说。"

"明天再说吧。"

"不，就今天晚上。明天说不定我又改变心意了呢。"

"啊？"

"给我拿点水来。"

源二郎看上去郑重其事，究竟打算说什么呢。

　　源二郎平日里如果说些鼓舞人心的话，也多会含糊其辞，所以佐平次并没有太放在心上，把水壶装满水就返回了卧室。

　　这时，源二郎已经正襟危坐等着佐平次了。

　　刹那间，佐平次感觉与平日里不同。

　　"咕咚、咕咚"畅饮了一番水后，源二郎开口说道："佐平次，我深切地感受到你愿意和我生死与共的心情。"

　　"您要说什么？"

　　"所以，佐平次，我有件事希望你理解、明白。这件事就算压低嗓音偷偷地说，都会很难为情……你一定要保守秘密。"

　　源二郎的声音里似乎蕴藏着某种深沉的意味。佐平次也不得不正襟危坐。

　　"是关于我的身世……"

　　源二郎开始讲了起来。

第拾话

"我和哥哥是同父异母的兄弟。"

听源二郎说到这里，佐平次虽然吃惊，却没受到太强烈的冲击。

目睹源二郎往昔的言行举止，佐平次早就暗暗怀疑："莫非……"

不，更确切的说法怕是他的潜意识中一直就藏有这种预感。

然而，源二郎信繁接下来说的话，让佐平次始料未及。

"哥哥和我是同一年出生的。"源二郎问道，"明白吗？"

"啊？"

"我不想一一说明了，但你要记得这件事。"

"嗯……"

"听说我的生母是一位身份低微的女人，这不是我说的，是从别人那里听到的。"

佐平次瞠目结舌，半晌说不出话来。

"真田家族中知道这件事的人很少。虽然少，但还是有人会私下里提起。"

"……"

"我的生母在我出生的前一年还生过一个男孩。"

"啊……"

"但听说这个哥哥一落地就没气了。这件事是父亲告诉我的。而且，母亲在生下我后不久也去世了。听说是位美丽但体弱多病的女子，我也是在那个地方出生的。"

"那个地方？"

"阿德夫人之前住的那处宅子。"

"哦……"

源二郎的口气听上去并不严重，似乎只是淡然叙述事实；向井佐平次却是全身紧张，嗓子干燥，甚至很疼。

如果源二郎和哥哥源三郎是同一年出生的话，那就是生于永禄九年，现在十八岁了。

其父真田昌幸那时深得武田信玄的宠爱，而且上有两个哥哥，所以信玄就将甲斐名家"武藤"之姓赐了给他，让他自立门户，改名武藤喜兵卫，在前一年的正月还迎娶了正室——山手殿。

昌幸结婚时，是和现在的源三郎信幸一样年纪，也就是十八岁。结婚次年，儿子就出生了。如果源二郎说的是真的，就有不同的两个女人同时生下男孩，而且前一年还有个男孩被偷偷生下，继而死去。

源二郎自称生母是一个身份卑微的人。这样的话，他就是庶出之子了。

但是，他和源三郎一样，被当做了正室山手殿的孩子。

这种事情在当时的武士之家并没有什么不同寻常。正因为没什么不同寻常，所以也没人把这当成秘密。

已经决定由正室所生的源三郎来继承真田昌幸的事业，所以，就算源二郎是庶出，也没什么可丢人的。

"但是……"源二郎脸上露出一丝微笑，"今天晚上，我就是想要告诉你这些。"

"噢……"

"现在，你应该明白的只有一件事——继承真田氏的人是岩柜的哥哥。我从心底尊敬哥哥，像哥哥这样出色的人，世间少有。说得过分一点，连父亲都望尘莫及呢。"

难道，源二郎真的下定决心要说出考虑良久的事了？

佐平次呆若木鸡。

真田昌幸对源二郎溺爱得简直难以形容。

"如果安房守大人听到源二郎如此评判自己，真不知道会是怎样的一副表情。"佐平次暗暗心想。

看着源二郎不假思索地将事情的来龙去脉讲给自己一个人听，佐平次暗下决心："我一定不惜一切地报答公子。"

"真田氏正因有哥哥这样的人，前途才是光明的。我会鼎力协助哥哥，甚至不惜生命！不要忘记这件事，佐平次。"

"是。"

源二郎反复啰唆着理所当然的事情。这是为什么呢？肯定有他的理由。

即使在砥石，安房守真田昌幸对源二郎的溺爱都是有目共睹的。

相比之下，昌幸对守卫岩柜城的长子源三郎信幸虽说不上冷漠，但也是漠不关心的。每每说起源三郎时，不能说是厌恶，但确实是很冷淡。

　　而且，他经常斥责源三郎，基本没有赞扬过。

　　他总是愁眉苦脸地面对源三郎，从未笑过。但面对源二郎信繁时，态度就截然相反了。

　　"一直都想找个机会把这件事告诉你……今天晚上一吐为快，心情大好呀。"源二郎很愉快地说着，突然又神色郑重地告诫他道，"将来，如果我忘记了现在所说的话，请一定提醒我牢记今晚所说的这一切，好吗？"

　　"好的。"

　　"这才是你对我的忠诚，拜托了。"

　　"是……"

　　突然，佐平次伏地叩首。

　　他预感到这绝非易事。

第拾壹话

"这件事是我告诉你的，其实哥哥和我都没放在心上，但若将来的真田家有了什么纠葛，你一旦忘记这些，就会处于不利的立场……"

这天夜里，佐平次还是和源二郎睡在一个房间，但他眼睛睁得大大的，全无睡意。

源二郎似乎完全放下了包袱，响起均匀的呼吸声。

"会是真的吗？平时源二郎公子不是也经常戏弄我吗？"虽然佐平次心里很矛盾，但一直盘踞在心头的疑惑也一下烟消云散了。

佐平次不知道当时到底发生了什么，但生下源二郎的女子因为真田昌幸和山手殿结婚，在甲斐古府中城待不下去了，于是被送到了真田庄，藏在那所住宅生下了源二郎公子。

先前那个生下来就死了的男孩应该是被偷偷埋在古府中了。

真田昌幸会和山手殿结婚，据说完全是奉武田信玄之命。跟山手殿相比，源二郎的生母只怕更得昌幸关爱……

佐平次无法不这样认为。

难道不正是因为这一点，昌幸对源二郎的父爱要远远超过源三郎吗？

在同一年，哪个孩子是先生下的，我们不得而知。但生性刚强的山手殿要求将自己经过阵痛生下的源三郎信幸作为真田氏的嗣子，昌幸实在是没理由不同意吧？

也许，生下来就死去的那个孩子才是昌幸的长子，接下来是源二郎，然后才是源三郎吧……

所以，弟弟叫源二郎，哥哥反倒是源三郎。

佐平次就是这样想的。

昌幸没准是通过给喜爱的儿子取名源二郎来向夫人暗示，他实际上是想让源二郎来继承家业的呢……

除此之外，佐平次现在还有一件事挂在心头。

他有时会听源二郎提起那位"岩柜的姐姐"，但从未见过其人。换言之，岩柜还有一位源三郎、源二郎兄弟的姐姐。

佐平次曾听源二郎说过："姐姐比我大两岁。"

这样的话，兄弟二人的姐姐应该是永禄七年出生的。

是真田昌幸和山手殿结婚前，十八岁时生下的孩子。

——那个女孩也是源二郎的生母生的吗？

源二郎从未直接向佐平次说过此事。

——还是其他女人生的呢？

这样一来，真田昌幸岂不是十六七岁就染指身边的女人了吗？

"安房守真田大人真是个谜一样的人物呀。"

在二十岁才只染指过阿江一人的向井佐平次看来，这确实是件匪夷所思的事情。无论怎样，佐平次只不过是个长矛足轻之子，一旦成为一国一城的武将，家族的构成就会有些超出他所能驾驭的范围了——这一点，他同样很是清楚。

佐平次并不知道昌幸的夫人山手殿是个什么样的女人。

据说，上田城修建好后，山手殿也会从岩柜迁来。

那样的话，源三郎信幸怎么办呢？

源二郎曾无意说过："哥哥也会和母亲一起搬到上田的。"

佐平次记得源二郎说这话时，眼中曾流露出丝丝隐痛。

"或许主公大人也在考虑找时机让源二郎公子继承家业。"

总觉得好像是这样。

正因为如此，源二郎才会把如此秘密的一件事告诉给伴随左右的佐平次吧。

"真是难以料想将来会发生什么事情。"

想到这里，佐平次兴奋起来。

"喂……你这家伙……"

突然，耳边响起源二郎的声音。

"啊？您还没睡着呀？"

"你一个劲儿地翻身，长吁短叹地，我怎么能睡得着。"

"啊……"

"怎么了？"

"没什么……"

借着暗暗的烛光，可以隐约看到源二郎的侧面。虽然他的表情难以确定，话音倒是无忧无虑。

"佐平次……"

"嗯？"

"不用担心。"

"什么？"

“或许我不告诉你这件事就好了，但我想真田家有很多人知道此事，只是不敢说出来吧。”

“是。”

“这件事是我告诉你的，其实哥哥和我都没放在心上，但若将来的真田家有了什么纠葛，你一旦忘记这些，就会处于不利的立场。所以……”

“我懂了，十分感谢您。”

“什么呀……”

“把您吵醒了，对不起。”

“这次出门的事情也一样。”

“啊？”

“阿德夫人的事情呀。我的表弟角兵卫不是一个人偷偷从岩柜跑出，想杀掉怀了父亲骨肉的阿德夫人吗？你明白了吗？”

“噢……”

“不知道事情原委的男女，可能会做些不该做的事情。这种时候，我想你还是多少了解一点我和哥哥的身世较好。”

“是。”

“好了，睡吧！明天还得早起呢。”

第二天早晨，即将离开名胡桃城的时候，真田源二郎突然像想起来什么似的“啊”了一声。

“请把小太郎公子喊来。”

他向迅速赶来的小太郎问道：“和我一起去岩柜城吧，好不好？”

“真的？”

“当然是真的了。岩柜的哥哥一定会很高兴。”

“那真是太开心了。”白净瘦弱的小太郎的脸上有了血色。小太郎身材瘦小，很单薄，看上去怎么都不像是个十岁的孩子，但说起话来干脆利落，言辞也很成熟，“我马上去请示父亲……”

“好的。”

小太郎跑过长廊。

“看得出小太郎是多么想见哥哥，佐平次。”

“是呀。”

源三郎十分疼爱铃木主水的独子小太郎，时刻记挂在心上，经常送他从京城捎来的玩具、漂亮的纸牌、笔纸之类的，所以小太郎也很喜欢源三郎。

铃木主水决定派二十名骑士护送源二郎一行人从名胡桃前往岩柜。

“给您添麻烦了。”

“哪里，没有。”

当然，有些路还是要避开走的，何况途中还要经过已经被北条方控制的中山城。

所以，铃木主水派人护送。

而且，随便将视若珍宝的儿子送去岩柜，就主水来说，还是忐忑不安的。

“您放心好了，我一定会把小太郎公子安全送回来的。”

源二郎不断安慰主水，所以主水最终答应道：“那就拜托您了。”

源二郎本打算让小太郎坐阿德来时坐的那顶轿子，但他毕竟是武将之子——

“没关系的。”小太郎耸耸消瘦的肩，骑上了马。

　　一行人沿着后来的三国街道向西走了约两里地，沿须川川左岸的山道越过大道垭口，而后南下，就到了岩柜城的北侧了。这是现在连接名胡桃和岩柜的路。

　　在大道垭口有一些类似于碉堡的建筑，聚集了由岩柜、名胡桃两城派遣的约五十名士兵。

　　阿德站在城门的城楼上，挥手向即将出城离去的源二郎告别。

　　源二郎也举起鞭子回应，渐渐远去了。

　　佐平次用不同于以往的目光凝视着二人。

第五章　战云

第壹话

和茂枝的洞房花烛夜，向井佐平次因太过投入，反而记不太清了。

天正十二年初，上田城总算有了些模样。

"我先搬过去吧。"

安房守真田昌幸率先搬进了上田城本丸里修建完毕的宅邸。

其他工程大约还要花费一年的时间。

跟随昌幸从砥石来的家臣们也搬去上田了，但源二郎信繁还得在砥石住上几月。

上田城的本丸里有专门给源三郎、源二郎修的住处，等到完工之时，兄弟二人便将迁往上田。

真田昌幸原本说要让源三郎暂且待在岩柜。像以往一样，他一副故意疏远长子和妻子山手殿的口吻。

昌幸搬往上田前的三天，禁不住源二郎说情，特意将佐平次和茂枝二人叫到跟前，说要二人结为夫妇，又举行了简单的喝交杯酒的仪式，而且亲自出席。

新婚夫妇均被赐予应季衣服一套，新婚妻子被赐予一把短刀，佐平次被赐予一副新的全套盔甲，昌幸叮嘱他道："跟随源二郎打仗的时候，穿上它。"

这可不是一般足轻的装备，而是优秀武士的装备。

佐平次没有亲人，茂枝那边则由其叔父——这里的一位忍者——横泽与七出席了酒宴。

"能得到主公大人这般的恩泽，你是多么幸福呀！你死去的爹娘肯定也会为你高兴的。"叔父泪流不止。

横泽与七住在真田庄，佐平次曾见过他好几次。与七看上去五十岁左右，体格健壮，在忍者中赫赫有名。源二郎曾说："乍一看似乎是那种司空见惯的人，但年轻时可是出类拔萃的忍者。这位战争忍者身经百战，留下了数不清的伤疤。"

横泽与七对佐平次十分谦逊，在他们夫妇喝交杯酒时，更是双手扶地，深深低下头道："将来，就把茂枝托付给您了。"

佐平次狼狈不已，赶紧郑重其事地回了礼。

此时，向井佐平次二十一岁，茂枝十九岁。离他被阿江协助逃离信州的高远城已经整整两年了。

夫妇二人并不是共同生活在佐平次此前居住的小屋，而是厨房旁的一处两室小屋内。

两年前，佐平次因为阿江而成为一个真正的男人，但到了这一时刻，却不知该如何应对身体僵硬、紧张得要命的茂枝了，真是手忙脚乱。

"我原本以为女人的身体都是一样的呢……看来……"

现在已经全身是汗了，这便是男女之事。

拥抱着对方年轻赤裸的身体，用力亲吻着，一切自是水到渠成。

房事结束后，新婚妻子安然吐了口气，说道：“佐平次，我真高兴……”

当跟那纤细身体颇不相称的丰满乳房压向佐平次的胸膛之际，他顿时心旌摇荡。茂枝的裸体飘着一股果实般的味道，和阿江那成熟、至今还记忆犹新的体味截然不同。

非要说的话，两年前的那个时候，身处被织田大军团团包围的高远城内，抱定必死决心的佐平次，在黑夜中嗅到了孕育即将发芽的新草的泥土芬芳……就是那时闻到的味道。

“那个时候幸好没死……”

茂枝突然听到佐平次不经意间的喃喃自语，恍恍惚惚地半睁开眼睛，问道：“那个时候？”

“高远之战时。”

“噢……”

“如果那时死了，就不能像现在这样和茂枝结为夫妻了。”

“是呀……多亏了阿江小姐。”

“嗯……”

“想什么呢？”

“没、没什么……”

佐平次撇去头脑中浮现出的阿江的面容，把脸埋在了新婚妻子的双乳之间。

翌日清晨，佐平次去源二郎房中请安，源二郎招手说道：“喂，佐平次，靠过来一点儿。”

“什么？”

“怎么样？”

“什么怎么样？”

“昨天晚上呀。”

“您说什么？”

“说我感兴趣的。我想知道茂枝怎么样。你们是怎么做的？怎么做到的呀？”

“啊……”

“毕竟是初夜，所以我很担心呢。”源二郎煞有介事地说道。

佐平次红着脸说：“没什么大事。”

“哦……很顺利吗？”

“男人和女人一旦在一起了，谁都会做那样的事情的。源二郎公子也应该知道吧。”

虽是有口无心之言，但源二郎突然变得心不在焉了，自言自语道：“哦，原来是这样呀。”

此时，佐平次的直觉告诉他：“源二郎公子大概还没动过女人吧。”

佐平次本以为言行一向老成的源二郎早就染指过一两个侍女了，所以现在特别意外。

源二郎的脸一直红到脖颈，充满血色。

“源二郎公子……”

“噢……”源二郎背过脸去，一挥手，“下去。”

佐平次强忍住笑，退向走廊。

第贰话

在信越线的上田站下车，穿过站前广场，沿向北的坡道大约走十分钟，就会到达上田城的正门。

虽说是个坡道，但这条大路是现在上田市的主干道，在大约二十年间，这里变成了一个让人刮目相看的繁华都市。

真田昌幸筑城时出现的古街海野町、原町也在这周边。

现在的上田车站，在那个时候应该是千曲川的河滩吧。千曲川一直流到上田市附近，上田城城下町就位于断崖之上。

现在，被叫做"大手口"（正门口）的地方恰好在大路坡道的尽头，它的西侧就是上田城的三丸。以前的三丸一带现在是政府机关和学校，再往西则是以前的二丸。穿过布满市民会馆、博物馆、运动场等的二丸，就到了本丸的入口处。

在高高的石垣两侧，是双重的歇山式[1]城楼，共有两层，其一

---

[1]　建筑的房顶形式之一，屋顶上方为悬山双坡顶式，下方为四落水屋顶。

是由宽永时期的上田城主仙石忠政改造过的城楼，另一个则是目前依然留在本丸西端的西城楼。

本丸的城门早就没了，但北侧石垣处有块十分醒目、宽三米多的大石，是昌幸亲自在太郎山采石场选来当做城池的"拱心石"。

现在的本丸有一万一千四百九十四平方米（三千四百八十七坪），二丸是八万九百八十五平方米（二万五千四百五十坪），估计昌幸最初建城时就是这样的规模吧。

昌幸首先建好了本丸和二丸，从砥石迁了过来。

本丸周围有宽三四十米的很深的护城河，护城河分别从东、北、西三面环绕本丸，南面是断崖，千曲川从正下方流过。

这周围被称为"尼渊"，所以上田城又称"尼渊城"。

真田昌幸最初是把城池的正门设计在北面的。正门改在东面是在本丸、二丸、三丸全部竣工后一年的事情了。

在城池北面，走一千多米，就来到了太郎山脚下。上田筑城需要的大部分木材和石头都是从海拔一千一百六十多米的太郎山上采伐的。太郎山坐拥西面的虚空藏山、东面的东太郎山、北面的大峰山三座支峰，耸立在上田城北，温柔地环抱着城下。因为这座山峰的存在，上田冬天也很暖和，现在也经常听到其他地方的人说："一旦在上田住过，就不习惯在别的地方生活了。"

真田昌幸从各处招贤纳士，振兴城下町和商业区，从甲斐国移居来的人也不少。想必那些人很快就察觉这个城下町有多么适合居住、生存了吧。

此时，安房守真田昌幸控制了信州小县郡的三万八千石，在上州沼田则有两万七千石，合计六万五千石。

　　德川家康在天正十二年年初明确认可了真田昌幸的地盘，对上田筑城一事也正式许可，并命令周边豪族们鼎力相助。

　　昌幸的弟弟——现为德川家臣的隐岐守信尹——为主公家康和哥哥之间的交好，立下了汗马功劳。

　　昌幸曾突陷各种事端，有不同寻常的郁闷，再加上正室山手殿……他甚至曾暗下决心：“这个麻烦的女人，不如偷偷杀了算了！”

　　“还是专注上田筑城吧，我今后的道路会越来越宽了。”

　　最近，无论干什么，昌幸都觉得心情大好。

　　上田城不是山城，而是一座建在广阔台地上的平城①。

　　昌幸曾屡次对源二郎说：“将来大名、武将的城池并不是单纯用于防御敌人，与敌人作战了。”

　　“如果敌人攻到城下，我们就束手无策了。”这是故去的武田信玄的观点。信玄的古府中城，与其说是座城池，不如说是处宅邸。昌幸一直侍奉在信玄身边，深受他的影响。

　　“在广阔的平地上筑城，划分町区域，振兴工商业……无论如何都要在上田筑城。”昌幸反复思忖着这件事。

　　以后不能再依靠弓箭和长矛作战。

　　刀枪只能攻陷山上的城池，却无法左右战事的成败。武田氏灭亡之时，高远城的防守另当别论——谁让总将领待在城内，不战而亡呢？

　　近年来，“铁炮”这种武器已经在战争中不可或缺。所以，需要巨资来购置这种新式兵器。

------

① 建筑在平地上的城堡。

　　日本的战争、政治都向中央集中，规模日益大了起来，故而必须及时掌握中央的详细的情报信息。

　　真田昌幸效仿旧主武田信玄，建立了以忍者为中心的情报系统，为此耗费的资金大得足以发动一两次战争。

　　所以，一旦财力不足，就无法生存下去了。在城池周边设立町，发展工商业，增加领地内的耕地面积，争取五谷丰登——假如没有这些，大名、武将是不能延续下去的。

　　信州小县郡位于更级、埴科两郡的东南方，跨过千曲川直通佐久郡的方圆五十里地都属于这里。而且，上田、盐田两盆地是信浓国中屈指可数的富饶地区。

　　正因真田昌幸拥有上州沼田这样的要塞地区，德川家康才下定决心："不再多说了，把这里交给安房守，利用安房守的势力牵制关东的北条父子进军上、信二州，是最好的办法。"

　　去年秋天，家康把女儿督姬嫁给了小田原的北条氏直，跟北条家结盟了。

　　为了能跟羽柴秀吉分庭抗礼，进驻中央，无论如何也不该与背后的北条父子不和。但是，北条父子从关东大举进攻上、信二州这件事，对家康来说是非常不妙的。所以家康才考虑将安房守昌幸收入旗下，用来抵制北条的进攻。

　　安房守昌幸既要守护上田和沼田，就肯定不会放任北条军进攻。

　　围绕着上州的沼田地区，真田、北条两大家族一直纷争不断，互不相让，家康对此无疑心中有数。

　　他承认昌幸拥有上田和沼田，北条父子当然不会愉快。

　　春天将至时，名胡桃城主铃木主水的重臣师田赖母出现在了先行搬到上田城的真田昌幸面前。

　　"本应早早前来祝贺，但近来中山城的北条军又开始不断觊觎，万万不敢大意，所以没能离开城池。"赖母对昌幸转达了主水的话。

　　铃木主水送来诸多贺礼，用了三匹马。

　　"平日里承蒙主水大人多方照顾，实不敢当。请一定代我向他问好。"

　　"是。"

　　"赖母……"

　　"嗯？"

　　"阿德怎么样了？"

　　"非常健康。"

　　"应该快到预产期了吧？"

　　"请不必担心。"

　　阿德自从去了名胡桃后，从未给昌幸带过只言片语，这次也是一样。

　　昌幸多少有些落寞。

　　师田赖母一行人当晚就住在了上田城，第二天早晨取道砥石，踏上了回名胡桃的路。

　　被关押在砥石"禁闭室"的樋口角兵卫正是在同一时间逃走的。

第叁话

樋口角兵卫只身偷袭阿德，被源二郎和鞍挂八郎逮到后，一直被关押在砥石城的米山城郭的禁闭室中。

阿德去了名胡桃后，真田昌幸曾提议："把阿角送回岩柜如何？"

岩柜的源三郎信幸鲜有地表示强烈反对："还是先在父亲大人那里待一段时间吧。"

"源三郎，你这是要逃避责任？"

像往常一样，昌幸又在前来送达信幸意见的使者面前说起了长子的坏话。不过，还是按照源三郎的意思办了。

角兵卫被关押在砥石的禁闭室这件事，在岩柜已经无人不晓了。

不知内情的人都吃惊地说："为什么会这样？"知晓内幕的人则一言不发，保持沉默。

源三郎无意追究事情的来龙去脉。

站在生母山手殿一边的家臣和一部分忍者，因之暂且按兵不动。负责山田弥助和山手殿之间联络的平左也没受惩罚。

平左现在真田庄闭门不出，惶惶不可终日。

不，不仅是平左——山手殿也冷静下来了。而且，她只要见到了源三郎，就会问："有没有从砥石传来什么消息？"

"你指什么，母亲大人？"

"没、没什么……"

"角兵卫的事情？"

"不、不是……"山手殿使劲摇头，"不是那件事。我只是想知道你父亲在砥石的情况，听说最近搬去上田了……我想一定很辛苦吧……"她突然间变得能说会道，担心丈夫昌幸的样子却着实有些做作。

山手殿应该是在担心昌幸向自己泄愤，连累到接受自己指令的那些人吧。

但是，昌幸和源三郎都对角兵卫的事情不闻不问，这不免让山手殿和那些参与这次事件的人毛骨悚然。

据说山手殿一派的人绝不允许真田昌幸排挤源三郎，让次子源二郎继承家业，所以才暗地里秘密筹划些无聊的事。

如果不经常打探身处砥石的昌幸和源二郎的情况，这群人就会忐忑不安。所以他们才会指使驯服的忍者，命其暗中动作。

现在，昌幸已经决定由长子源三郎来继承家业，而且源三郎、源二郎兄弟二人的感情非常好。

"主公大人真是个让人捉摸不透的人呀。"山手殿心想，"让源三郎世袭，只不过是因为过世的武田大人特意嘱咐过。武田大人已经去世，武田氏也灭亡了，说不定什么时候真田大人就会改变心意了吧。"

山手殿曾经在某个时候向角兵卫的母亲，也就是自己的妹妹久野，流露过这种想法。

昌幸不愧是昌幸，他还不至于如此，虽然每天都是全身心投入上田的筑城工事，内心其实也偶有反省。

一切都是自己的好色所致。不，好色倒也无妨，重要的是自己必须是一个能善于处理好色带来的后果的人。

而自己好像总是不能善始善终。

也就是说，和正室山手殿结婚之初栽的那次跟头，其影响一直持续到现在，妻子的疑惑没有解除，反而越来越深了。

而且，也确实不能说山手殿的猜忌是空穴来风，无凭无据。

和年轻时代的自己对比一下，眼前的源三郎每每让他心想："这个了不起得出奇的家伙，竟然是我的儿子。"

昌幸不得不承认，长子以其卓越的天赋，继承家业无可挑剔。

话虽如此，他有时又难免会想："如果可能，我还是想让源二郎来继承事业。"

这到底是为什么呢？

——难道是因为生下长子的女人一点也不可爱，而生下次子、现已死去的那个女人非常可爱？

难道男人天性如此？还是怎么回事？昌幸自己也搞不清楚。

和源三郎比起来，连樋口角兵卫都显得很是可爱。

当然，昌幸也不是厌恶源三郎。源三郎身上毕竟流淌着他的血脉。不过，只要见到源三郎，昌幸就总有一种合不来的感觉。

长子那年少老成，沉稳凝视自己的深邃目光，常常让昌幸想要退缩。

无论是斥责，还是怒吼，源三郎总是平静地搪塞过去，昌幸觉得似乎是完全不加理会。

这难免让人焦躁不安。

正是这一点，与父子之间可以无拘无束地戏耍，生性奔放的源二郎不同。

不过……

真田昌幸无法忘却十四年前樋口角兵卫出生时的事情。

那个时候，武田信玄尚在人世，武田氏的荣光照耀天下。

角兵卫的母亲久野是樋口下总守的妻子。

久野是昌幸的妻妹，生角兵卫时，她曾对住在古府中城下，当时名唤"武藤喜兵卫"的昌幸含笑私语道："角兵卫是大人您的孩子。"

当时，昌幸和已为人妻的妻妹久野私通。

第肆话

看守禁闭室的士兵们提起今年十四岁的角兵卫时，通常都会说："安静得令人担心。"

只是有牢格子，不能外出，但饮食、寝具等一应俱全，可以说并不是犯人的待遇。

最近，角兵卫只要看到洗澡水被提进来，就会清洗身体，也开始刮胡子了。也就是说，看上去变老实了，让人感觉好像是痛改前非了。

他不再叫嚣、狂躁了，但依然不开口说话。基本没有对看守的士兵说过什么，就算每十天来一次的源二郎主动跟他讲话，他也是低着头一言不发。

昌幸自从去年来了一次禁闭室，看到角兵卫失常的样子以后，就好像是在惩罚他一样，置之不理了，把所有的事情都交给了源二郎。

不过，一听说角兵卫变老实了，昌幸还是立刻提议："快点把他放出来，岂不更好？"

"父亲，把角兵卫放出来后怎么办？"

"岩柜那边不是说要让他暂且待在我们这里吗？"

"哥哥应该是在观察岩柜的母亲、姨母及家臣的反应吧，所以还是不要让角兵卫回去吧。"

"我也是这样想的。如果可以的话，我想把他从禁闭室放出来，让他和你一起在砥石生活。"

"为时尚早吧。"

"为什么？"

"我可不想和这样一个疯子待在一起。"

"你讨厌阿角？"

"说不上讨厌，但阿角好像不通情理，脑子有病似的。"

"噢……"

真田昌幸面露难色。

久野暗中挑明的事情只有昌幸知道，甚至连察觉到昌幸和久野过去这种关系的山手殿也不知晓。

起初，昌幸也是心生疑惑："真的吗？"但久野坚持说："女人是有直觉的。"

而且，生下的角兵卫无论怎么看，和父亲下总守都无半点相似之处。

昌幸觉得似乎和自己是一个模子刻出来的。

角兵卫出生以后，昌幸就断了和久野的这种关系。

当时，昌幸位于古府中城下的住所和樋口下总守的官邸近得只隔着一条街。久野和昌幸由双方的侍女和家臣牵线，感情炽烈的时候，昌幸每晚都偷偷潜入樋口的官邸密会久野。

山手殿得知这一切后，痛斥了久野。山手殿当时之所以暗中稳妥地处理了此事，说到底还是为了妹妹的将来着想。

昌幸当时在山手殿面前也是抬不起头来。

不过，武田氏灭亡了。樋口下总守跟随武田胜赖死在了天目山，久野、角兵卫母子自然得由昌幸来照顾了，虽然昌幸有些不知如何是好，但还是满怀喜悦的。

这或许亦是因他相信角兵卫是亲生儿子了吧。

在岩柜时，久野只要和昌幸四目相对，就会用眼神暗示他：角兵卫是大人您的儿子呀。

翌日清晨——

两名当班的士兵将角兵卫的早饭送到米山城郭的禁闭室，突然发现牢格子中没有了角兵卫的身影。

这也不是什么稀奇的事。他有时候会去建在最里面的茅厕如厕。

士兵感觉最里面的板窗后面有人。

"啊、啊……"

这不是角兵卫在茅厕中发出的呻吟声吗？

"您怎么了，角兵卫公子？"

"您怎么样了？"

士兵不断地询问。

"啊……啊……"

呻吟声突然变成痛苦的哀号。

"角兵卫公子……"

其中一名士兵不假思索要打开牢格子的锁。

茅厕中传来不同寻常的号叫声，使他担心角兵卫突发了疾病。

“等一下！”另一名士兵制止了要开锁的士兵，“我们不能擅作主张，应该先去通知栅门的哨所。”

此时，“啊……”茅厕内传出一声凄厉的叫声，听来好像是角兵卫巨大的身体翻倒在地上似的。

“不行！”

“嗯。”

两人互相点头示意，急忙打开锁冲了进去。

一瞬间，茅厕的板窗被破竹之势倏然撞开，一个巨大的黑影一跃而出。

是樋口角兵卫。

两名士兵被角兵卫打倒在地，昏厥过去。

角兵卫匆匆吃下早饭，夺下士兵随身携带的刀，又拿起立在牢格子外面的长矛，从土间跑了出去。

从此以后，角兵卫就消失了。

在米山城郭城门处的其他士兵都没有看到角兵卫。直到那两个苏醒过来，从禁闭室跑回的士兵报告后，大家才知道角兵卫逃了。

角兵卫似乎是顺着米山城郭一个劲地往上走，进入砥石山城，从那里沿着山不知逃到哪里去了。

现在的砥石城基本上就是座“废城”了。

在米山城郭周边，还有一些存放粮食、兵器的仓库、建筑之类的，也有士兵看守，但山上的城郭已经没有人烟了。

得知角兵卫逃走的消息时，真田源二郎信繁正在砥石的住处与上田来的师田赖母交谈。他只是下令说：“马上追捕！”便又面不改色地回来和赖母交谈，并交给他一些东西送给名胡桃的阿德，没有丝毫慌乱。直至送赖母一行人踏上归途后，他才问道："角兵卫的事情还没通报给上田的父亲大人吧？"

"是的。"

"好！我亲自去通报，备马！"

"啊？"

正在这时，一直留在砥石的忍者鞍挂八郎赶来了。

"八郎，听说了吗？"

"是的。"

"马上去追！拜托你了！"

"遵命。"

八郎正欲离开，源二郎突然喊道："等一下！"

"怎么？"

"如果力不能及，解决了他就行。"

"您……说什么？"

"杀了他也没关系。"

"但是，这……"

只听源二郎毅然说道："我来承担后果。实在抓不到，就杀了他。"

"不，这……"鞍挂八郎也是个难对付的人，"只要找到了他，就一定能逮到他。"

"从没有失手过吧？"

"是的，您放心吧。"

"好的，出发！"

"是。"

八郎离开后，源二郎也离开住处，骑上牵来的马。

这匹马是父亲以前的爱马——残月。

抓到角兵卫的时候，昌幸说："辛苦你了。"随即犒劳般地问道，"有没有什么想要的东西？"

"那，我想要残月。"

"好，送给你了。"

父亲就这样送给了他。

源二郎决定把追踪角兵卫这件事交给忍者们。

他知道如果忍者们找不到，自己也不会找到。

"驾！"源二郎一蹬马肚，从砥石绝尘而去。

第伍话

大约过去半个月了，依然没有角兵卫的下落。砥石宅邸中那棵古老的樱花树已经缀满花蕾，含苞待放……

忍者奥村弥五兵卫赶到上田城，送来了壶谷又五郎的密函，接着又立刻返了回去。

第二天，忍者小助也出现在上田城内。

"小助好像也要立刻返回去，出什么事情了？"真田源二郎问佐平次。

"啊……"向井佐平次心不在焉地敷衍道。

"这家伙……"

源二郎不满地咂咂舌。现在，佐平次还沉浸在和茂枝的蜜月中，即使人在源二郎身旁，也多是恍恍惚惚。

"我说，佐平次，你的魂儿都被茂枝勾走了吧？"

"啊？"

"晚上是不是基本上都不睡觉呀？啊？"

"是的。"

"你这个家伙，真拿你没办法。"

"您要去哪里？"

"去上田城。"

"我陪您……"

"不用了，心思都让茂枝占去了。"

源二郎扔下佐平次，一个人骑马向上田奔去。

向南转过东太郎山山脚，就可以看到上田城的城楼了。

每每看到这一切，源二郎总会感慨一番："真田氏的新城总算是建成了啊。"

这不像是以前的那种山城，所以只要走近就可以渐渐看清城池全貌。这的确是一座城池。

如果是山城，就得被包围在石垣、城楼及山脉、树林中，与其说那是城池，倒不如说是座山。

源二郎从北面的正门长驱直入。

城池内外的工程仍继续着。在二丸的马厩前，源二郎跳下残月，走进木香浓郁的本丸居馆。

据说从浜松前来的德川家康的使者当时才刚刚离开。

"哟，我正想去砥石接你呢。"真田昌幸对源二郎说道。

上田城本丸的居所和岩柜城的极为相似。比如，也设计了"地炉间"，而且昌幸同样是住在这里。

"听说浜松派来特使……"

"嗯，很快又会有战争了。"

"我们也要参战？"

"不，不。"安房守昌幸摇了摇头，笑道，"哪能那么容易就参战呀。"

这场战争是德川家康和羽柴秀吉之间的战争。

出征在即，家康特意派使者来叮嘱安房守昌幸要多加防范，以免北条父子侵略上、信二州，但没有邀昌幸出战。

虽说家康和北条氏联姻了，但关键时刻，不用说，这关系根本指望不上。不仅上、信二州，甲州、骏河和伊豆的国境都要严防死守——家康无疑是要亲自出征了。

关东北条氏酷爱侵略别人，其创立者北条早云正是此道高手。对目前的家康来说，北条氏就犹如"后门之狼"。

只要瞅准机会，狼就会立刻蹦出。

家康和秀吉之间的对抗状态，今年年初就传到了昌幸的耳朵里——是浜松的弟弟隐岐守信尹偷偷告诉他的。

去年，羽柴秀吉用武力打破了织田信长的三子信孝和织田氏老臣柴田胜家的同盟关系，家康曾派人前去祝贺秀吉。大家当时都猜不出德川家康葫芦里面卖的什么药，只知道羽柴秀吉帮助信长的次子织田信雄成功讨伐了胜家、信孝。

这样看来，似乎是要协助故主信长的次子信雄夺得天下。

先不说家康、秀吉的心思，至少信雄自己肯定是这么认为的。而且，信雄在父亲信长、哥哥信忠死后，曾经就种种事宜拜托过家康，进行了诸多商议。

正因为这样，家康才向帮助信雄作战的秀吉送去贺词的吧。

现在的织田信雄，一并拥有了被自己害死的弟弟信孝的领地和泷川一益的领地，成为尾张清州（爱知县清州町）的城主，时年二十七岁。

羽柴秀吉摆出和信雄公子一同守护旧主信长之孙三法师的姿态。

不管怎么说，三法师仍处幼年，只有五岁。所以，织田信雄打算先继承父亲的基业，再传给亡兄的遗孤三法师。

但是，羽柴秀吉没有这个打算。秀吉此时已明确地开始筹划由自己来掌控天下了。他不惜投入重金在大坂筑城，城池的规模之雄大，使秀吉的野心昭然若揭。

信雄因而忐忑不安起来。

所以，秀吉决定先对信雄的家臣实行怀柔政策。

他热情款待了身为信雄重臣的冈田重孝、津川义冬、浅井长时、泷川三郎兵卫等人，不断游说道："现在的信雄公子还不具备治理天下的能力，如果让他治理，说不定会再次招致天下大乱，这样对织田氏也不利呀。"

且不说真假，秀吉与四位重臣私下恳切密谈是确有其事。

后来，四人中的泷川三郎兵卫偷偷将此事报告给了织田信雄："实际上……"

信雄被激怒了。

据说，他将冈田、津川、浅井三位老臣邀至长岛城，摆下酒宴，将他们猝然杀了。

第二天，德川家康早早率兵出阵，以援助织田信雄。

家康和信雄已经秘密联络过了。

羽柴秀吉或许一直在等待这一刻呢。他是故意将信雄的老臣请到近江的园城寺进行密谈，煽动他们把这些话传给信雄的。

信雄挑起战争的话，我也就理所当然要应战了，战争的名目也就顺理成章地成立了——这便是秀吉的如意算盘。

老辣的德川家康一眼就看穿了秀吉的心思。秀吉也知道家康能看穿他。

"喂，源二郎……"安房守真田昌幸的双目熠熠生辉，"你觉得哪一方会赢啊？"

"这……"这次连源二郎也判断不出来了。

"我也猜不出。"即使根据送来的情报，昌幸也难以推测出战争的趋势，"不管怎样，结果都是耐人寻味的。你不这样想吗？"

"我想是的。"

"总之，我们必须做好战事结束后的准备，趁现在。"

"是……"

"总之，每次有别处发生战争，我们都得坐收点渔翁之利。"昌幸看上去似乎很得意，喊来家臣，吩咐备酒。

第陆话

从这天开始，无论上田还是砥石，都被一种紧张的氛围笼罩着。

安房守昌幸一边喝着酒一边下达各种指令。

特使一个接一个地骑马离开上田城。

首先，去沼田。

然后，去岩柜。

"加强戒备，以防北条氏入侵。"昌幸如此指示道。

德川家康为平息武田氏灭亡后和北条父子之间的纷争，曾经和北条氏约定："将上州沼田赠与你们。"

不过，这遭到了真田昌幸义正词严的拒绝——沼田是我通过武力夺下的城池，绝不会出让。

昌幸差点儿就要说出："如果想要，放马过来便是！"

北条父子和家康结盟后，曾多次催促家康："什么时候履行约定呀？"家康每次都是支吾搪塞过去。

这次出阵，家康向北条父子提议道："派些援兵吧？"

北条氏直马上捎了话来："过去的那个约定怎么办？"

这次，家康的态度依然很模糊。

他一边向北条父子要求派遣援兵，一边又派特使悄悄去叮嘱昌幸："要提防北条入侵上、信二州。"

家康就是如此这般的老奸巨猾。眼下，真田昌幸决定将计就计，利用他的老奸巨猾，佯装不知内情。

昌幸的特使还去了小诸城。小诸是由德川一方的依田信蕃的长子——源十郎康国——守卫的。

昌幸暗中联络小诸，叮嘱必须做好各项准备，以便可及时向上州出兵。他本人更是进入了战备状态，随时都能率大军出阵。

"父亲……"

"什么事？"

"这样一来，现在就顾不上角兵卫了吧。"

"不，源二郎……"昌幸坚决否定了源二郎的说法，"忍者必须毫不松懈地继续寻找角兵卫，这件事就交给你了。"

"是……"

"看上去好像不高兴呢。"

"对付这样一个疯子，我确实没什么兴致。"

"噢……"

昌幸露出一副不高兴的神情，默然片刻，喃喃自语："就算是条疯狗，也是和你血脉相通的兄弟呀。"

他是在说角兵卫身上流淌着自己的血吧。

"难道他不是你生身母亲的妹妹之子？"昌幸补了一句。

不过，源二郎自知生母不是山手殿，昌幸也应该知道的。将源二郎的身世告诉他的正是昌幸本人……

可现在，昌幸竟厚颜无耻地说源二郎是山手殿生的。

源二郎一声没吭，端过父亲的酒杯，一饮而尽。

昌幸沉默不语，侧目凝视着喝酒的源二郎。源二郎放下酒杯，看着父亲。安房守昌幸似乎很难为情地笑了笑，道："再喝一杯吧。"

"可以吗？"

"没关系。"

"父亲，如果忍者捕获了角兵卫，该如何处置？"

"这……"

"送回岩柜？"

"这……好像很难……"

"岩柜的母亲和哥哥什么时候搬到上田来？"

"只要天下大乱，就不能让源三郎离开岩柜。"

这是合情合理的，但对昌幸来说，只要长子源三郎留在岩柜，就可以理所当然地让正室山手殿也留在那里。

总之，真田昌幸不想和正室住在同一处房檐下。

"我打算把阿角弄到上田来。"

"父亲当真是这么想的？"

"除此之外，没有别的办法了。"

"这样也好。"源二郎出人意料地同意了，只因他自有想法，"无论怎样，反正我不想照顾阿角。"

"我知道。"

从这天开始，无论上田还是砥石，都被一种紧张的氛围笼罩着。

两三天内，特使分别从沼田、岩柜赶来，小诸的依田康国也频繁派遣使者前来。

　　根据小诸的消息，北条父子为了巩固上州的势力，已经开始向北条氏的各个领地及堡垒增强兵力了。

　　德川家康也已经率领大部队进入尾张清州，与织田信雄共同召开军事会议。

　　就家康的立场来说，他是为了帮助织田信长的遗孤而参战的，所以开战的名头比羽柴秀吉更冠冕堂皇。

　　所以，他向四国的长宗我部、纪州的杂贺党，以及原为柴田胜家臂助的佐佐成政、美浓的森长可、近江佐和山城主堀秀政，还有现在守卫岐阜城的池田恒兴等人发出邀请："和我结盟吧。"

　　森长可和堀秀政坚决拒绝，加入了羽柴秀吉的队伍，池田恒兴则是犹豫不决。

　　池田是已故信长的乳母之子，和织田氏渊源深厚，而且战功累累。信长在本能寺毙命后，池田与胜家、秀吉、长秀共为宿老四人，大概他正是因此才苦恼不已。秀吉看明白了池田恒兴的态度，不断施压，最终迫使他加入自己一方。

　　这样的话，池田就必须表现出对秀吉的忠贞不渝。

　　所以，他突袭了位于木曾川（流经美浓、尾张）河畔的犬山城，将城池攻落。

　　犬山城是由织田信雄的武将守卫的。

　　羽柴秀吉从大坂城出发，率大军来到犬山城中。

第柒话

聚集在清州的德川军听说犬山城被羽柴攻下的消息后，惊恐不安。

德川家康的家臣榊原康政进言道："我们趁早进军小牧山吧。"

小牧山是清洲北面二里半处的一座孤山。山高只有八十六米，但可以极目远眺尾张平原。

康政建议道："此地可俯瞰尾州全境，若遭敌人围攻，这里至关重要。"

家康对此深表赞同。

以前织田信长在清洲的时候，曾在小牧山建过碉堡。后来，信长势力扩张到美浓，这里也就慢慢变成废墟了。

"好，我们就在小牧山建立大本营吧。"

家康当机立断，派榊原康政速速前往了小牧山。

康政立刻占据该山，修筑城堡，围上栅栏。

从大坂赶来的羽柴秀吉进入犬山城，是在五天以后了。

"如果这时没有听取康政的进言，以后的战局会演变成什么样子，也就不得而知了。"德川家康后来曾这样说过。

羽柴秀吉到底是下手晚了。

换言之，正因如此，家康和织田信雄的联系才日渐密切起来。

在调遣兵力方面，秀吉不输给任何人。他只是在这个时候跟不上趟了。

织田信雄也转移到小牧山，和家康并肩作战。

这时是三月二十九日。

进入四月后，两军在各地不断发生小规模的战争，战机日益成熟。

据说，羽柴秀吉总共有十二余万大军。

其先头部队从美浓向尾张进发时，后续部队也在先科至宇治的周边地区活动，四处都是。

与他们相比，德川、织田的军队加起来只有一万七千人。

家康将近三万的兵力安排在了甲、信、骏、远各州，以加强后方力量。

敌军大约是己方的七倍，家康和信雄基本上都是让敌人靠近了边境再开战，所以联络密切，兵站也还安定。

无论是粮食的补给，还是兵力的转移，都十分迅速。

与之相反，羽柴一方的兵站线就太漫长了。

秀吉虽然进入了犬山城，却觉得很难攻下小牧山城。

犬山和小牧山只相隔二里半，德川、织田一方的将领不断扰乱后方，让秀吉很难下定决心开战。

秀吉离开犬山城，在乐田附近安营扎寨，形成与家康对峙的形式，准备打一场持久战。

早早攻下犬山城的池田恒兴向秀吉劝道："如果就这样下去，会影响您的威信的。"

如果大家都知道秀吉对付不了家康和信雄，德川、织田一方的盟友就会一个劲儿地增加了。

就算不这样，秀吉刚一离开大坂，响应德川、织田号召的纪州根来的僧兵和杂贺的门徒就蜂拥而起，四国的长宗我部元亲更率领二百将士攻到了堺市。

秀吉是击退敌人进攻后才奔赴决战场的，如果再加强力量对付家康，真不知道事情会演变成什么样子。

所以，池田恒兴竭力主张："如果趁此机会率军偷偷进攻家康的大本营，家康一定会赶紧离开小牧山，返回三河。到时候，筑前大人攻破织田军队，岂不是更……而且，趁势从德川家康后方进行攻击，大获全胜，也是毋庸置疑的了。"

"嗯……"

秀吉看着池田恒兴的兴奋神情，踌躇不决。

池田是故主信长的同乳兄弟，但跟秀吉没有任何瓜葛，而且直到开战前都是织田信雄麾下的武将。对信雄的邀约，他是考虑良久方才拒绝，转投秀吉麾下的。

所以，池田无论怎样都急着立下赫赫战功，让秀吉满意。

这一点，秀吉很明白。

他当然不觉得池田的战术高明，甚至是太简单了。池田的所思所想，德川家康肯定能逐一料中。

秀吉露出一副不悦的表情，结果池田恒兴更拼命游说了。

池田是位骁勇之将，但好像不具备大规模交战的器量。

秀吉看着兴奋不已的池田那张满是汗水、通红的面孔，说道："别着急！"

然而，池田固执己见，始终不肯退下。

"哎……"

秀吉的心思渐渐松动了，但不是受池田那些热烈言辞的影响。毕竟，再这样下去，无论什么时候都不可能抓到战机。

虽然池田恒兴考虑不周，但他早早攻下犬山城时表现出来的英勇还是值得赏识的，秀吉开始考虑如何获得战机了。

于是，秀吉下令："这样的话，就以三河……家康的冈崎城为目标挺进！"

"遵命。"

"但你要发誓。"

"什么？"

"途中不可转移目标，能做到吗？"

"是。"

秀吉给池田两万四千士兵，又派遣森长可、堀秀政和长谷川秀一为其部将，任命自己的近亲三好秀次为总指挥，让他们从犬山城偷偷出发。

那是四月六日的深夜之事。

这些进攻三河的军队从二宫穿过大草的山地，迅速通过小牧山东面二里地的地方，然后南下去往关田，在关田的野外安营扎寨。

羽柴秀吉为了掩护进攻三河的军队，七日清晨时特意向小牧山发起了进攻。

不过……

羽柴军的所有动向，都已经传入了德川家康耳中。

根据后来忍者阿江到达上田城向真田昌幸汇报的情况，是受雇于德川的伊贺忍者们打探到羽柴军队的动向，毫无保留地转达给家康的。

"德川家康的情报系统，是羽柴一方难以企及的。"阿江告诉昌幸，"除了伊贺忍者，武田忍者也发挥了一定作用。"

"哦，当真？"

"是的。"

武田氏灭亡以后，其麾下的一部分忍者据说被家康招纳了——接受家康庇护的武田氏的遗臣不在少数，所以这自是难免之事。

现在，真田昌幸的弟弟隐岐守信尹不正是其中之一？

第捌话

德川家康收到对方将偷袭三河的消息，断然和织田信雄率领约一万三千士兵离开了大本营小牧山，南下而去。

小牧山由酒井忠次、本多忠胜等率约四千名士兵守卫。

然而，当池田恒兴冲进三河国，朝着冈崎城继续行军，经过岩崎城之际……

岩崎城是德川方的丹羽氏次的小城。氏次去了小牧山，故由其弟丹羽氏重守城。城内士兵加起来不足三百人。但是，丹羽氏重年轻气盛，竟敢贸然出兵："我可不能眼睁睁看着羽柴军从城下经过！"

羽柴军原本是没把他当做对手的。兵力悬殊过大，而且他们的目标是冈崎城。结果，突然间——

丹羽氏重向忍受着嘲笑通过的羽柴军发起进攻，而且是派出铁炮军进行射击！

名义上是铁炮军，实则不过尔尔。但是，事有凑巧，一颗子弹正好命中了池田恒兴的坐骑。

那匹马一声悲鸣，前肢扬起。池田原本悠悠然地骑在马上，还说进行这种战争完全是浪费气力，冷眼看着一百五十名或者二百名的丹羽军前来挑衅，哪知这时竟突然翻了个跟头，从马上栽了下来。

"你这浑蛋！"池田一下子被激怒了，完全忘掉羽柴秀吉反复叮咛之事，"先攻打他们！"

羽柴军猛然向丹羽军发起进攻。

丹羽氏重下令："撤退！"集合兵力返回岩崎城，严防死守。

此时是四月九日，天犹未亮。

城内的士兵英勇作战，但这毕竟是六千对三百的战争——他们大部分都战死了，丹羽氏重亦被击毙。但是，丹羽氏重总归是将敌军引到岩崎城来了，而且抗争了好几个钟头。

此间，德川家康和织田信雄已经越过小幡城，追了上来。

战场上几小时的延迟，可能就会造成无法逆转的局面。

羽柴军途经各处的豪族，都是以家康作为后盾的。他们将羽柴军的路线一一汇报给了家康。

"肯定是以冈崎为目标。"家康看明白这一点，加快了追击的脚步。

这天清晨，德川、织田的追击部队赶上了羽柴军最后面的部队。

羽柴军中，先头的池田部队去进攻岩崎城了，所以森长可的第二部队正在生牛原附近运送兵粮。

第三部队在金萩原稍作休整。

总司令三好秀次率领的第四部队则驻扎在白山林附近。

岩崎城位于现在名古屋市东面的丘陵地带，没有可以让两万大军一次性通过的道路。池田恒兴率领六千余人进攻，很快就将其攻下，所以后续部队都没太在意。

正在这时，前来追击的部队突袭了他们。

追击部队有水野忠重、榊原康政，还有在岩崎城战死的丹羽氏重的兄长氏次。他们发起了突袭。

结果，第四部队溃不成军，三好秀次和大部队仓皇而逃。

秀次死里逃生回到羽柴秀吉处，遭到了严厉呵斥。

秀次的生父三好吉房的妻子，正是羽柴秀吉的姐姐。对秀吉来说，秀次就是他的外甥。

后来，因为舅舅秀吉一直没有男孩，秀次成了秀吉的嗣子，得到"关白"一职，可说幸运之至。然而，正所谓"福兮祸之所伏"……

闲话按下不表。却说追击的军队赶到三好秀次的大部队时，第一军队的池田恒兴才刚刚攻下岩崎城，正在检验敌人的首级呢。

他已经完全忘记了羽柴秀吉"直接进攻冈崎"的叮嘱，正沉浸在胜利的喜悦中，得意忘形。

这时，传来了大部队和第三部队同追击来的军队交战的消息。

池田恒兴满脸难以置信，想不到德川家康这样快就追上来了！

或许该说，挺进三河的羽柴军根本不知道敌军离开了小牧山。

他们只顾着向前进军，完全忽视了后方的戒备。

池田恒兴大惊失色，哪还顾得上检验首级，马上集中兵力，返回去援助正在作战的其他军队。

森长可的第二部队也掉头回去援助。

德川家康在被称为富士根的丘陵上竖起七骨金开扇的马标[1]，做出了要和返回来的池田、森决战的样子。

---

[1] 在战场上，武将为了识别敌我及显示自己的存在而使用的标志。

家康决定亲率三千士兵出击时，曾笑着对织田信雄说："在这里待着别动，慢慢欣赏我们凯旋的样子吧。"

家康擅长野外作战，而且在战场策略方面，他完全没把池田和森放在眼里。

这根本就是一流和三流的交战。

四十三岁的德川家康充满了斗志和自信。而且，德川军很熟悉这附近的地形。

家康下令："出击！"随即让大部队向前山移动。

气氛异常紧张。

他打算主动出击，攻入前方三面布阵的羽柴军中。

巳时上刻（上午十时）左右，家康突然指挥大部队向左前方的丘陵移动。

这是在诱敌深入。

森长可发现金扇马标开始向前移动，立刻下令："马上出发！"随即发起突袭。

前山的家康大部队周围的灌木丛很是茂密，导致森长可的军队很难掌握他们的动向。

尽管如此，在看到大部队活动起来后，他们还是发起了突袭。

家康等的就是这一刻。

他让长矛部队在前迎击敌人，同时让铁炮军潜伏在丘陵之间的低地和灌木丛中，命其同时射击。

人称"鬼武藏"、以骁勇闻名的武藏守森长可被子弹击中额头，从马上翻落下来，轻而易举地被打死了。

第玖话

上田的真田昌幸和守卫岩柜的源三郎，此时做梦都想不到这样的宿命正在前方相候，更想不到自身会为此出现怎样的转变。

在人称"长久手之战"的这场战役中，德川部队铁炮军的表现确实可圈可点。

这支队伍不仅人数很多、枪支精良和射手优秀，自身亦曾被充分训练。所以，要拾掇羽柴的"三河入侵军"自是不在话下。

德川家康利用起伏不定的地形，巧妙利用了铁炮军。

攻入家康大部队的武藏守森长可被埋伏的铁炮军一枪击毙，也正是这个原因。击毙森长可的是德川方面水野部队的足轻。

顺便一说，武田氏灭亡后，这个森长可被织田信长赐予信州四郡，搬进了川中岛的海津城。但是，信长死后，他不敌越后上杉景胜的入侵，又撤回了先前的领地——美浓国的兼山，追随织田信孝。但是，在这次的战争中，他背叛了信孝，转投羽柴秀吉麾下。

在这一点上，他和泷川一益是一样的。

长可有三个弟弟，分别是人称"兰丸"的长定以及长隆、长氏，都在本能寺陪着主公信长死去。

　　且说德川家康指挥铁炮军袭击森长可军队的同时，织田信雄亦跟从岩崎城返回的池田恒兴的军队激烈交战。

　　此时，羽柴军已经乱作一团，失败的迹象越来越是明显。

　　池田恒兴的家臣们看着看着，竟然丢下池田跑了，恒兴只能带着约一百五十人继续作战，最终落败。

　　池田大喊："你们要把我扔下逃到哪里去？回来！回来！"但是，连战马都不知道躲到哪里去了。池田吓得双腿动弹不得，茫然站在那里。正在这时，赶到的德川军将他捕获了。

　　池田恒兴，号胜入，当时四十九岁，两个儿子也与他共赴战场。长子元助战死，次子三左卫门逃脱，后来改名为池田辉政，受到秀吉的器重。

　　长久手之战大约是在当天下午一点左右结束的。双方战死者的情况据说是这样：羽柴军战死约两千五百人（也有人说是四千人），德川、织田一方约五百人。

　　身在乐田大本营的羽柴秀吉得到双方交战的急报后，亲自率军救援，但很明显来不及了。

　　因为德川家康早就向小幡城派兵了。

　　这里以前是织田的城池，后来成了一座废城。这次出征，家康特意整修了一番，并且让家臣本多广孝护城。

　　抵达小幡城的德川家康立刻向各地大名发出信函，向他们通报此次凯旋。

　　其中当然包括上田城城主——安房守真田昌幸。

　　书信按照当时的惯常做法，大大夸张了一番。

"此次会战，我军讨伐了以森武藏守、长谷川藤五郎、池田恒兴父子等二十余名战将为首的敌军共计一万余人。羽柴秀吉此时已经无力抗争了。"

如此云云一番，其实就是想鼓动别人加入自己一方。

德川家康的使者将信函送达上田城时，真田昌幸已经收到了忍者关于当时战况的汇报。

家康信函中的夸张言辞姑且不说。无论如何，长久手一战中，家康确实是大获全胜了。这虽非双方主力的大决战，却毕竟是家康的一次得意凯旋。

家康善于提前考虑有可能发生的情况，进行诸多准备，这在本次交战中起到了巨大作用。

长久手战役后，秀吉和家康按兵不动，对峙起来。

后来，秀吉回忆说："那时之所以不敢挑起战争，是因为家康占据着地理优势。"

虽然没有发生真田昌幸期待的那种"耐人回味"的大战役，但在"小牧·长久手之战"中，还有一段插曲。

该插曲的主人公对后来的真田氏具有重大影响，那便是——本多平八郎忠胜。

本多忠胜是德川氏的重臣，曾参加数十次战争，每次都立下赫赫战功，时人赞之曰："世上只有两样宝物可以超过家康，一者唐代头盔，一者本多平八。"

他的的确确堪称德川家的"宝物"之一。

前面已经说过，德川家康得知羽柴军入侵三河，马上率军追了上去，把小牧山大本营交给了酒井忠次和本多忠胜。

　　不久，战争打响，接到急报的羽柴秀吉立刻挥军向长久手进发。本多忠胜从小牧山上看到吹着螺号，举着葫芦形金齿边旗马标的羽柴军向长久手进发，登时惊道："大事不好！"

　　一旦只有一万三千人的家康被秀吉多达八万的大部队包围，别的不说，光是兵力上就被对方压倒了。

　　此时的忠胜完全没想到主公家康在长久手已经迅速获胜，心情正舒畅呢。

　　"哎……大人肯定会战死的。"忠胜如此断定。

　　这样是绝对不行的。忠胜决定发挥三河武士的本领。

　　他决意和家康共存亡。

　　忠胜将小牧山交与酒井忠次，亲自带领五百名手下兵将，离开了小牧山。

　　"去拦截秀吉！出战！"

　　这就是本多忠胜的方式。他当然会全军覆没，但只要努力抗争，就可以拖延秀吉他们到达长久手的时间。

　　所以，忠胜对着庄内川彼岸的秀吉军不断射箭、打枪，反复挑衅。

　　"别上了他的当呀。"羽柴秀吉在马上微笑着，完全没把小规模的本多部队当回事。

　　跟那个相比，目前更重要的自然是尽快赶去长久手，和德川家康决一死战！而且，秀吉有自信一定会赢。

　　对手的兵力如此强大，纵是本多忠胜亦不敢贸然突袭。

　　他只是想故意挑衅，趁机攻打羽柴军的大部队。

　　可是，秀吉根本就不上当。

　　虽有小规模的交战，但羽柴军一直齐头并进，冲向长久手。

很快就要到长久手了，本多忠胜将马牵到河边，让爱马饮水。

羽柴秀吉远远地看到这一幕，问身边的稻叶伊予守道："那个在河边让马饮水的武士是谁呀？"

稻叶伊予守是称"美浓三人众"之一的老将。

"哪里？"

"你看，对面河边，你看！头戴有鹿角装饰的头盔，在我们面前悠然喂马喝水的那个。"

"噢……"

"你认识？"

"认识，以前在姊川战场上见过，铁定是本多平八郎。"

"哦……"秀吉不停点头，"不愧是个男子汉呀！敢带领那么少的人前来迎战，真是视死如归。三河守不愧是有着可以信赖的家臣。别向那个本多平八射冷箭，战争是靠运气的，就算在这里击毙了本多平八，和三河守交战时如果没运气也会败的。只要有运气，就会赢。"

说罢，他再也没把本多忠胜放在心上。

很快，赶往小牧山的家康使者就和本多部队会合了，使者告诉本多忠胜：获胜的家康已经去了小幡城。

"真的？太好了！"

忠胜喜出望外，立刻在羽柴军一旁消失，向小幡城奔去。

这个本多平八郎忠胜的女儿，后来嫁给了真田源三郎信幸。

上田的真田昌幸和守卫岩柜的源三郎，此时做梦都想不到这样的宿命正在前方相候，更想不到自身会为此出现怎样的转变。

第六章 温泉迷雾

第壹话

樋口角兵卫自从冲破禁闭室逃跑之后，一直杳无音信。

"真是不可思议！"负责指挥忍者搜索角兵卫的鞍挂八郎对源二郎信繁说道。

羽柴和德川已然开战，真田氏的忍者们忙着联络岩柜和其他地方，不可能为了一个角兵卫投入过多人力。即便如此，这还是非常不可思议的事情。

角兵卫毕竟只是个十四岁的少年。他能躲过忍者们敏锐的目光，不留任何痕迹地逃窜，这真让鞍挂八郎难以理解。

"是不是谁把他给藏起来了？"

鞍挂八郎甚至说出这样的话。源二郎摇摇头。

"但是……"

"八郎，有种说法叫'力大惊人'，角兵卫就是这样的人。"

"啊？"

"那个家伙，有超出常人想象的蛮力。"

“这怎么可能？”

“不，我们平日里见到的阿角虽然很有力气，但若到了非常时刻，他会使出比平日里更可怕的力量。”

“啊？”

“我现在眼前已经浮现出阿角在山中某处，像一头来历不明的野兽一样，拼命四处逃窜的样子了。”

“啊……”

“到了紧急时刻，阿角是很可怕的！”

源二郎这样说完，抬眼看去，犹如眺望着远方的某个东西。

“源二郎公子……”

“嗯……”

“您怎么了？”

“没、没什么。”

源二郎目前仍住在砥石。他在上田城内的居馆尚未完工。

安房守昌幸或许挂念角兵卫的事情，但确实不能只管这一件事。

在小牧山对峙的羽柴、德川二军的动向如何？这才是昌幸眼下最关心的。

另外，还有一件事。

对真田氏来说，出现了新的情况。不是坏事，甚至可说是值得庆贺的事情——在岩柜深宅内院无声无息生活着的昌幸长女於国的丈夫来到了上田。

他是壹岐守小山田茂诚。

壹岐守茂诚是为保卫信州高远城而战死的备中守小山田昌辰之子。

武田氏灭亡时，保卫信州佐久郡内山城的小山田茂诚率领亲兵返回甲州。他决定舍弃城池，与主公武田胜赖共进退。

小山田将新婚妻子於国送回生父真田昌幸处，准备与胜赖共赴生死。不过，到了甲州一看，遍地都是织田的大军，一时间束手无策。

后来，小山田得知武田胜赖在天目山自刎，便一边四处躲藏着一边悄悄转移，最终投靠了真田昌幸。

真田昌幸喜出望外地迎接了小山田茂诚，后来又把小县郡内的村松作为领地送给了他。

因此，茂诚之妻於国也被称为"村松夫人"。

昌幸决定在上田城下为小山田茂诚建一处住所。

总之，又是这个又是那个，昌幸日常事务繁多。

女婿壹岐守茂诚就这样成了真田氏的家臣，所以昌幸不断督促修缮小山田的宅邸，说要尽快将於国从岩柜接来。

看到一心指挥小山田宅邸工程的真田昌幸，源二郎对佐平次说："佐平次，父亲不愿意将姐姐安置在岩柜的母亲身边，以后我也能经常见到姐姐了，真是太高兴了。"

说这话时，源二郎两眼放光，心情愉快极了。

第二天早晨，真田源二郎在砥石住处听说了长久手战役中德川军取胜的消息。

他立刻跳上残月，奔向了上田城。

"父亲，听说德川在长久手获胜了……"

"嗯。"真田昌幸黯然点了点头，"要是羽柴胜了该多好啊……"

昌幸从未见过羽柴秀吉，只是对信长死后他所表现出的惊人实力一直抱有好感。

　　反之，德川家康无论什么事情都很敷衍，总让昌幸觉得不够痛快。

　　从阻止关东北条父子入侵信州一事，昌幸看出家康只不过是为了自己的利益而利用他罢了。

　　昌幸心中有数："真到了非常时刻，三河守家康肯定会像扔掉废纸一样扔掉我的。"

　　"若家康惨败给秀吉而亡，我就要和北条一争高低，攻入甲斐。"昌幸曾半开玩笑地向源二郎透露过这种想法。

第贰话

真田昌幸好像真的琢磨过根据羽柴、德川交战的情况，浑水摸鱼拿下甲州一角之事。

后来，昌幸告诉源二郎和源三郎："那个时候，秀吉大人曾暗中派使者来过。"

或许，羽柴秀吉也和德川家康一样，送给昌幸一封夸大其辞的亲笔信，写些类似"若得到您的鼎力相助，当在讨伐家康成功后，将甲斐的某某地方相赠"的话吧。

所以，真田昌幸更期盼羽柴取胜。

"战争才刚刚开始……"

在昌幸看来，长久手之战只是一次小规模的交战。

忍者的急报亦充分说明了这一点。

接到忍者的第一次急报后，德川家康的使者也赶到了，送来了家康言过其实的信函。看了一遍后，昌幸笑了起来，喃喃自语："三河守好像也相当焦躁不安呢。"

　　家康派去各处送捷报的使者是在羽柴秀吉军兵临城下之前离开小幡城的。直到傍晚，羽柴军才到达城下，准备发起对小幡城的进攻。

　　此时，稻叶伊予守和蒲生氏乡一致劝说秀吉："夜间攻城不太合适。"

　　的确，夜间作战只会让发起进攻的一方牺牲更大。

　　所以，秀吉决定等到次日清晨再攻打小幡城。

　　德川家康预料到了这一点。

　　羽柴军为避免遭城内夜袭，将军队退后半里扎寨。

　　家康一边观察着营中篝火，一边偷偷和织田信雄、本多忠胜离开了小幡城，悄无声息地西行，偷偷渡过庄内川，返回了小牧山的大本营。

　　这行动相当机敏，就连壶谷又五郎指挥的从长久手来小幡附近探听情况的忍者们都没察觉。

　　羽柴秀吉天亮后才得知这一切。

　　就连秀吉都为之瞠目结舌。

　　家臣当中有人被激怒了，提议道："要不，干脆先把小幡城攻下来算了。"

　　秀吉苦笑道："即使攻下这座没有家康的城池，也于事无补，说不定还会被三河军嘲笑。"随即率军返回了乐田大营。

　　就这样，两军再一次在小牧山对峙起来。

　　这次，德川家康迅猛果敢的行动力和高超的战术确实胜了羽柴秀吉一筹。

　　秀吉开始重新认识家康。

　　"不能再轻举妄动了，接下来的事情难以预测。"

以前，秀吉侍奉织田信长时曾多次见到家康，也曾经交谈过。那时的家康敦厚温顺，少言寡语，碰见秀吉时一贯谦恭有礼。才华横溢的秀吉确实有些小瞧他了。

因此可说秀吉这次真的是遭了重创。

真田昌幸有些纳闷："双方都由大将统军，在距离仅仅两里的地方安营扎寨，但为何不开战呢？真是不可思议。"

忍者的报告接踵而来，昌幸渐渐明白了小牧山的形势，一时大惊失色，脱口说道："难道我真的错看了羽柴筑前守？"

兵力相差悬殊，德川家康自然不会主动挑战。

昌幸当然清楚此事——但是，率领大军的羽柴秀吉为何不击溃囤积在小牧山这样一座不起眼的小山上的德川、织田部队呢？他真是百思不得其解。

看得出来，两军都是一边修建着各自的碉堡和阵地一边等待战机，但也不会草率行动。

"我真想亲眼去看看啊。"

昌幸如此说道，但心中明白这是不可能的。

於国终于搬到了建在上田城二丸外的壹岐守宅邸中。

母亲山手殿还没来上田。

姐姐於国的队伍是由源三郎信幸指挥着来到上田的。

於国好久没见到丈夫小山田茂诚了，在他们见面的那个晚上，上田城内举办了庆祝晚宴。

说是庆祝晚宴，但一切都是按照战时体制来的，非常简单。

向井佐平次待在砥石，没来上田。不过，他的妻子茂枝倒是和一群女人来到了上田，忙个不停。

晚宴结束后，茂枝回到砥石，佐平次向妻子打听起於国的事情：
"是怎样的一个人呀？"

"长得很像主公大人。"茂枝答道。

如果真和父亲真田昌幸长得很像，那她就不会是个美人了吧。

"见到源三郎公子了吗？"

"见到了。"

"怎么样？於国夫人和源三郎公子像不像？"

"不像……"

"噢……"

"怎么了？"

"没什么……"

佐平次之所以知道有个於国，是因为有时候会听到源二郎说"岩柜的姐姐"之类的话。

他起初并不知道於国已嫁给小山田壹岐守为妻。而且，武田灭亡后，小山田将妻子送回真田昌幸处，逃到岩柜的事情也是这次才听源二郎说。

关于於国的身世，向井佐平次总觉得有些匪夷所思的地方。

难道於国也不是昌幸的正室山手殿所生？

第叁话

信浓的春天十分短暂。

樱花烂漫，一早一晚犹像冬天般寒冷刺骨，但只要太阳升起，那种阳光便会让人觉得夏天早早就来了。

某天，接近中午时，鞍挂八郎独身来到了砥石的居馆。

在柴房和茂枝一起忙碌的向井佐平次认出了他："啊……八郎大人！"

"嗯，佐平次，忙什么呢？"

这时的佐平次还不好意思说"帮妻子干活呢"之类的话。

"这么恩爱，真不错呀。"

"别，您说什么呢……"

"源二郎公子呢？"

"睡午觉了。"

"那……"

"出什么事情了吗，八郎大人？"

"没有，没什么……"正打算离开时，八郎又补了一句，"想听的话，就去源二郎公子那里。"然后便去了居馆。

"佐平次，怎么了？"

"茂枝，好像出什么事儿了。"

"什么事？"

"我也不知道，总之得去看看，实在放心不下。"

"别去了。"

"为什么？"

"源二郎公子如果有需要，会喊你去的。"

"那倒也是。"

源二郎没喊自己，自己就过去的话，确实有些奇怪。

鞍挂八郎不是说"想知道的话就过来"了吗？

"茂枝。"

"嗯？"

"我怀疑是找到角兵卫了。"

"八郎大人的眼神有点奇怪。"

"不错。"

茂枝是忍者的女儿，所以在这些地方与其他女人稍显不同。

可以说，佐平次夫妇的猜想在一定程度上是对的。

鞍挂八郎向躺在居室的真田源二郎报告道："才助在虚空藏山被杀了。"

"什么？"源二郎坐起身来，断然说道，"一定是阿角这家伙干的。"

虚空藏山是太郎山西面的山峰，名叫才助的忍者是鞍挂八郎的手下，负责搜查樋口角兵卫。

源二郎和八郎都断定角兵卫就藏在眼前。

应该是离砥石、上田都不远的地方吧……或者已经返回岩柜附近了。

接到源二郎报告的哥哥源三郎说道："明白了。"随即派岩柜的忍者继续搜查岩柜周边。

不过，忍者才助在虚空藏山被害了，如果真是角兵卫所为，那他应该就藏在这附近吧。

四天前，才助向鞍挂八郎请示道："我去越后边境附近找找看，两天后就回来。"然后就离开了砥石。

"正因为才助说过这样的话，所以我老觉得心神不宁。"

"嗯，后来呢？"

"今天早晨，天还不亮，我就离开砥石，穿过从太郎山到虚空藏山的草道……后来，就发现了才助的尸体。"

所谓的"草道"并不是指杂草丛生的道路，而是指只有忍者才知道的小路、捷径。

忍者才助就躺在虚空藏山的山林中。

这片山林中也有"草道"。

才助死时，仰面朝上躺在那里，看上去精疲力竭，鼻腔流血颇多，已经干了。

以鞍挂八郎的眼光来看，是被打死的。

没有一处刀伤。

"你说是被打死的？"

"是的。"

"果真是阿角。才助的尸体在哪里？"

“沿着山把尸体抬到了砥石的城郭内，现在暂时存放在米山城郭的门口处。”

“真可怜呀！”

“不过，源二郎公子，如果真是角兵卫公子杀了才助，那他究竟是怎么……”

“我也不知道，阿角经常做些我不明白的事情。若非如此，真田氏的忍者哪里会被一个十四岁的少年不费吹灰之力就杀了呢？”

“是，那倒也是。”

“这可不是值得佩服的事情，八郎，角兵卫一定就在这周围。我要去将此事禀报给父亲大人。”

“禀报之后，打算怎么办啊？”

“这……”

“这是我们自己应该做的事情。”

“嗯……”

八郎这样一说，或许的确是这么回事儿。

角兵卫连忍者都能打死，如果报知真田昌幸，也只会让父亲大人徒劳费神。所以，源二郎改变了主意。

而且，就搜查角兵卫一事，昌幸已经说过：“源二郎，交给你了。”

“我想先看看才助的尸体。”

“我陪您去。”

“你先若无其事地出去，我随后出去。”

“啊？”

“这件事不要告诉任何人。”

“也不告诉佐平次吗？”

"如果你已经说了，也就没办法了。"

"那倒也是。"

很快，真田源二郎就来到了米山城郭的城门处。

两个值班的士兵正守卫着小屋中才助的尸体，鞍挂八郎已叮嘱他们绝不可泄露此事。

"请看一下。"八郎掀开盖在尸体上的草席。

一股刺鼻的尸臭味。

应该是昨天早晨或者前天夜里被害的。

"才助的亲人呢？"

"他没有亲人。"

才助就这样结束了只有二十四岁的生命，源二郎对着尸体合掌，然后吩咐道："先在这一带找个寂静的地方，把他埋葬了吧。怎么样？"

"这……行吗？"

"逮着阿角之后，再为才助祈祷冥福吧。"

"那真是太让您费心了。"

"那就拜托你了。"

向井佐平次出来迎接返回居馆的源二郎。

"我也没陪您去……"

"没关系。"

"您去哪里了？"

"这不是你该知道的，你只要围着你老婆转就行了。"

源二郎说出了不该是十八岁少年所说的话。

那个时候，十八岁的男孩应该称作青年人了。

早在两年以前，源三郎、源二郎就都举行了成人式。

在那之前，源二郎一直使用幼名——"於辩丸"。

后来，他的名字是真田左卫门信繁，但"真田幸村"这名字才是最出名的。

既然"幸村"这名字如此脍炙人口，我们往后不妨就用这个大家最熟知的名字来称呼他吧，不知读者们意下如何？

以后，我们就称呼他"源二郎幸村"喽。

言归正传——

忍者才助的尸体被发现三天后，源二郎幸村看见了樋口角兵卫。

第肆话

自从和茂枝成亲之后，佐平次就觉得源二郎公子看他时的目光有些不一样了。

那天清晨，真田源二郎在砥石的居馆中睡醒之后，只觉得满身大汗，颇不舒服。

"简直跟夏天一样。"

说暖和倒不如说是闷热。天空阴沉沉的，小鸟的鸣叫声不绝于耳。

"好像连小鸟都受不了这闷热劲儿了……"

起床之后，源二郎大喊道："佐平次、佐平次！"

"您睡醒了？"

进来的不是佐平次，而是同在源二郎身边伺候的大泷伍平。

"佐平次怎么了？"

"他陪……去真田庄了……"

"陪？和茂枝？"

"是的。"

"去干什么了？"

"不知道。"

　　“这小子……”源二郎登时大怒，“佐平次这小子，完全不把我的事放在心上！这没规矩的家伙，就知道围着老婆转。真像大家说的那样，整日帮老婆干活，也不好好伺候我了。”

　　“这……”

　　“是这样吧？不是吗？”

　　“不，绝不是……”

　　“把我现在所说的话，一字不漏地转达给他！”

　　“遵命。”

　　“女人真有那么好吗？这是怎么回事？”

　　“啊？”

　　“我问你是怎么回事。”

　　大泷伍平三十五岁，有妻有子，正不知该如何回答，源二郎却又说道：“好！你代替佐平次照顾我吧。”随即让他为自己梳理头发，整理衣服。

　　“你把我的话转告给佐平次，我回来后一定要处罚他！”

　　“是。”

　　“备马！”

　　“您要去哪里？”

　　“去哪里都无所谓，这不是你该知道的事。”

　　源二郎没吃早饭就跳上残月，离开了居馆。

　　一早就觉得心情不好……

　　佐平次的事情让他不高兴，一想起樋口角兵卫打死忍者才助的事情，他心里更是气愤不已。

　　“阿角，你究竟为什么要这样折腾我们？”

真是百思不得其解。不，也不是不理解——角兵卫自命不凡，自以为可以承担起岩柜的母亲和哥哥的命运。

正因为年纪小，所以才总会有这种莫名其妙的念头。

源三郎、源二郎兄弟亲密无间，而角兵卫既不是能独当一面的成年人，也不是真田氏的家臣。非要说的话，他充其量只是真田族中的一个少年，却一心为真田氏着想，不由分说地袭击阿德，冲破禁闭室，杀死忍者。现在，源二郎一点不怀疑是角兵卫杀了才助。

"父亲和哥哥为什么如此放纵疯狗一样的阿角呢？让这个家伙活着，将来还不一定会发生什么事情呢。"

真田昌幸和源三郎信幸似乎都不如源二郎了解阿角。

只能这样认为。

最近，源二郎幸村日渐觉得樋口角兵卫是个恐怖的家伙。

一想到角兵卫，他就觉得五官战栗。

"难道只有我知道阿角是多么恐怖吗？"

这样一想，他不禁坐立不安起来。

十四岁的樋口角兵卫竟能躲过忍者严格的搜索，神不知鬼不觉地就把忍者杀了。

"决不能让阿角活下去。"现在，这种想法在源二郎心中越来越强烈，他甚至有了这种念头，"阿角是天魔寄宿在姨母肚子里生下来的……不是人类。"

源二郎赶到上田城的城门时，佐平次和茂枝也返回了砥石的居馆。

"喂，源二郎公子大发雷霆了。"

大泷伍平赶紧跑过来告诉佐平次。

从伍平口中听说了源二郎的话，佐平次大惊失色，嘟囔道："这样呀……这可麻烦了。"

"佐平次，源二郎公子好像是因为你被茂枝夺去了，所以才那么苦恼的。"

"怎么会呢？"

"不，肯定是这么回事。"

以前片刻不离源二郎左右的佐平次，自打和茂枝结为夫妇后，就不再这样了。无论怎么说，和茂枝一起生活是打破了这种状况。但是，源二郎应该能理解呀，正因为这样，才命令大泷伍平等人负责照顾他的衣食起居的。

然而，自从和茂枝成亲之后，佐平次就觉得源二郎公子看他时的目光有些不一样了。

尽职尽责地跟随在源二郎左右时，经常会发现源二郎公子瞪着自己冷嘲热讽："你还是去找茂枝吧！""和我相比，待在茂枝身边更愉快吧。"

这种时候，佐平次也会郁闷，心想："那就随我便吧。"更少在源二郎的房间露面了。

今天，佐平次之所以和茂枝一起出门，是要去真田庄的仓库取些布、针、线、书写纸张之类的，为居馆准备必需品。

砥石城被废弃后，米仓、武器库另当别论，类似于储藏间的仓库都修建在真田庄了。

以后，随着上田城及城下町的不断完善，真田庄的仓库也会转移到上田城内。

"佐平次，你最好马上去找源二郎公子，快点吧！"大泷伍平提议。

"源二郎公子去哪里了？"

"可能是去上田了，快走吧！"

"嗯……"

"我去给你牵马，最好骑马去。"伍平待人很热心。

"我去找源二郎公子。"佐平次赶紧跑向厨房，告诉在那里的茂枝，"听说好像心情不好。"

"源二郎公子？"

"嗯……"

茂枝闹别扭似的转过脸去，一声不吭。

"喂，茂枝……"

"别理我。"茂枝转身向里面跑去。

佐平次无奈地咂了咂舌。

第伍话

源二郎出现在上田城时，安房守真田昌幸正在指挥濒临尼渊的南面的石垣工程。

士兵们和干活的人一起搬石头，挖土。

昌幸自己也是满身泥泞，握着一根顶头缠着白布、长约四尺的青竹，他不停挥动着青竹，口干舌燥地一边指挥着，一边走来走去。

源二郎从远处看到这一幕，突然犹豫要不要告诉父亲角兵卫的事情。

"派人从虚空藏山直至太郎山，蹲在山中把守追捕角兵卫。如果逮不着，就当场击毙……"本来，他是想来劝说父亲这件事的。

但是看到父亲和士兵、劳力们一起汗流浃背，浑身泥土地拼命干活，以期早点筑城完毕的身姿时，他又忍不住想："不，不能告诉父亲。"

——追捕角兵卫一事，父亲不是让我指挥忍者，全权负责来着？

"忍者才助惨遭袭击之事，说到底是因为我考虑不周。"

谁让他把搜索工作完全丢给忍者，只一味待在砥石的居馆里呢？

"唉，看来我真的要去冲锋陷阵才行啊。"

源二郎牵出了拴在二丸马厩中的残月。

"您要回砥石了？"负责管理马厩的一名足轻问道。

"不……"源二郎摇摇头，"日落前，我会再回来的。"说完便跨上残月，从城门疾驰而去。

头昏沉沉的，心情也很沉重。

"去别所的温泉泡泡吧。"他突然动了念头。

本来源二郎从上田的台地一直向下向东走，此时突然掉转马头向南，选定了千曲川的浅滩。

"那边！"他轻轻一蹬马肚，冲进河中。

渡过千曲川后，源二郎又径直冲向偶然发现的盐田小径。

从这里到那个温泉雾气笼罩的天神岳山脚下，大约十公里。

走了一会儿，源二郎让马停住，向后面看去。

第一次见到被忍者救起，在安乐寺养伤的向井佐平次时，就是前年的大约这个时候。

而且，源二郎一行人带着佐平次从盐田向上田走的时候，还曾指给佐平次看那隔着千曲川的台地。源二郎当时还说过颇具预言性的话："父亲将来会在那座山上筑城的。那将是真田氏的城池呀……"

那个时候，源二郎并没有想到会这么早修建上田城。

主君武田氏刚刚灭亡，尚不知天下事将会如何发展时，立足岩柜、沼田的真田昌幸便对源三郎、源二郎兄弟说道："战争还得持续上一阵。"甚至曾说，"必须趁现在修建砥石城。"

天下基本上掌控在织田信长手中，昌幸不得不臣服于他。但若信长不容许武田氏的这位名将继续存在，昌幸也绝不打算束手就擒，坐以待毙。

然而，谁知道信长竟会突然死去，形势一时大变。

这次事件给真田昌幸带来了筑城的机会。

"两年前，尼渊悬崖上只有浓密的树林。"

现如今，有了好几处城楼，城郭的建筑鳞次栉比。源二郎觉得像做梦一样。

"我的父亲真是了不起……"

源二郎一直伴随在深爱自己的父亲身边，每当看到他处理不清山手殿、阿德以及角兵卫之间的纠葛而唉声叹气时，心里就会想："父亲真是岂有此理……"

源二郎越来越看不惯昌幸那暧昧不明的态度，但看到父亲能迅速洞察德川、羽柴、关东的北条、越后的上杉等几大势力的发展动向，并且果断决定上田筑城一事，又不得不承认："了不起！"

"了不起！我的父亲大人真是了不起！"源二郎脱口而出，出神地看着远方的上田城。

筑城，就是斗志的表现。

源二郎喜欢那里。

昌幸被夹在各大势力之间，没有忍气吞声地将就，而是修建新城，让世人看到真田氏的实力，同时更打算以此对抗德川、羽柴和上杉。

源二郎每每看到这样的父亲，总会心生感触："父亲真是值得信赖……"

诸如樋口角兵卫逃跑之类的事情，现在的真田昌幸根本无暇顾及。源二郎很清楚这一点。

"喂，出发！"源二郎轻声对残月说道，拍了拍马首。

总之，他打算先到好久没去过的温泉泡上一泡，洗掉汗水，再悠闲地返回上田。

今晚，就住在上田的居馆中，争取和父亲昌幸一起喝喝酒吧，但绝对不提角兵卫的事情。

"角兵卫的事情，从明天开始，就由我来处理好了。如果找到了他，就算我根据现场的情况下令将其击毙都没事吧。"他心里想着。

"父亲都说了角兵卫的事情全由我自行处置，这样的话，我就自行决定了吧！"源二郎心意已决。

现在，他在马背上悠然自在地晃着。

离开砥石时那种焦躁不安的情绪，已然烟消云散。

天空中一动不动的厚厚云层也开始一点点散开。

起风了。

今晨醒来时那种令人不快的闷热感也消失了。

风稍稍有些冷。

源二郎特意选择了林中小路，让马快跑起来。

树木嫩芽的香味甚至让人觉得有些许腥味。

源二郎脸上又浮现出少年般天真无邪的神情。

他算穿过名叫"宫入"的村庄外的树林，向南走。

别所的温泉就在附近了。

"喂，喂……"源二郎大喊着拍打马首。

因为残月突然停下了脚步。

“喂……喂……你怎么了？”

残月一动不动。

“奇怪……”

源二郎讶然俯下身子，想看看残月的眼睛。正在这时，一支箭撕破了林间的寂静，“嗖”一声飞了过来。

如果源二郎没有侧身趴着，这一箭肯定会击中他身体的某一部位。

“啊……”源二郎大叫一声，从残月身上掉了下来。

随着拉弓的声音，又有两支箭从源二郎身边掠过。

源二郎转身藏进树林中，拔出大刀。

残月前肢扬起，发出刺耳的嘶鸣。

第陆话

源二郎在树林中穿梭奔跑，边跑边听着身后残月的嘶鸣。

突然间，他听到旁边的树林中有人跑来，登时停下脚步，握紧大刀。

"在这里！"

一个看上去像民间武士的浪人大叫一声，扑了过来。

"无礼！"源二郎大喝一声，猛然砍了过去，"你这浑蛋！"

浪人一下挡过源二郎刺过来的刀，迅速后退，想要重新摆好姿势。

因为源二郎的攻击太过迅猛了。

但是，向后退的浪人目测有误，一下撞到赤松树干上。

"啊……"浪人没有站稳。

源二郎没有放过时机，"嘿"一声一跃而起，挥刀砍断了浪人的脖子。

血直直喷了出来。浪人一声惨叫，倒在地上。虽然砍得不深，但是砍中了要害。

"啊……啊……"

浪人呻吟不断，挣扎着想要逃走。

"你是什么人？"

源二郎走上前去，忽又转过身来。

原来，又有一个挥舞着短矛的浪人从背后袭来。

源二郎刚一回头，就看到一个张着大嘴，满脸胡须的浪人冲了过来，使劲挥舞着手臂——

浪人边跑边将短矛掷向了源二郎！

"嗖——"

源二郎单膝跪地，短矛从头顶飞了过去。在短矛尚未插进赤松树干之前，源二郎已经踢起了地上的土，迎击浪人。

浪人看到源二郎躲过了扔出去的短矛，立刻转身拔刀。虽然他竭尽全力，但仍躲不过一口气跑过八米的源二郎所挥来的大刀。

从头顶到脸，再到喉咙，浪人被源二郎的刀砍中了。他手中的刀落在地上，保持着双手高举的姿势缓缓倒地。

源二郎无暇再看，立刻抽身躲进了树林。

还能听见两个浪人的呻吟声。

除此之外，再没有别人的声音了。

"应该还有人吧。至少，向我射箭的那家伙就藏在某处。"

——不能掉以轻心。

"不过，他们到底是谁呢？"

源二郎从未见过被自己干掉的那两个浪人。

若是强盗，也不该袭击单枪匹马的源二郎呀。如果是想抢马，应该不会管躲进树丛中的源二郎，直接掠走残月才对。

“残月怎么样了？”

此时，已经听不到残月的嘶叫声了。

源二郎弯下身子，将大刀夹于腋下，一点点地在树丛中穿梭。他绷紧神经，注意不被敌人的冷箭射中。但是，既没有拉弓的声音，也没有人声。

“啊……在那里呢。残月没事儿吧……”

对面树木中，残月还站在那里。它低着头，静静站着。如果周围潜伏着敌人的话，残月一定会表现得焦躁不安。

看此情形，源二郎再也憋不住了。

估计是没敌人了。

说不定就是那两个浪人中的哪个放的冷箭。

“残月……”

源二郎轻声呼唤着，从树林中走了出来。残月一看，欢快地叫了起来。

源二郎觉得是安全了。

他站起身来，拭净沾满鲜血的刀，收回鞘中，三步并作两步地来到残月身边。

刹那间，一块巨大的石头从源二郎头顶上方急速落下。

不，不是石头，也不是野兽。

是一个人！

是角兵卫躲在树上，准备袭击源二郎。

源二郎被压倒在地，还没来得及出声，就被角兵卫那又粗又壮的胳膊掐住了脖子。

“啊，阿角……”源二郎挤出来一句话。

角兵卫巨大的身躯发出一股刺鼻的异味——野兽般的刺鼻体味。

"源二郎！"

角兵卫怒吼着，让源二郎仰面朝上，跨在了他的身上。角兵卫满脸胡须，让人不敢相信他只有十四岁。他的双眼狠狠盯着源二郎。

"啊，阿角……滚开！啊……滚开呀！"源二郎很想这样大喊，却发不出一点声音。他挣扎着想推开角兵卫，但身上犹如压着一块磐石。"啊……我快不行了……"

角兵卫的手死死掐着源二郎的脖子，源二郎快要失去意识了。

"源二，只有你死了，真田氏才能太平。去死吧！去死吧！去死吧！"角兵卫号叫着道。

不过，源二郎能听得到吗？源二郎已经两眼翻白，张着嘴却喘不上气。角兵卫打算使劲将他扼死。

他突然发出一声咆哮。

小树林的暗处飞出了两个很小的东西，一下就扎进了角兵卫的肩膀和左臂。

"是谁？"

角兵卫站起身来，抽出腰间的大刀，摆好姿势。这不是武士们日常使用的大刀，很明显是奔赴战场穿盔甲时佩戴的那种刀。

角兵卫身上带着弓箭，穿着一件破了的和服裙裤，头发凌乱不堪，手脚和脸都被晒伤了。

"谁？"

没人回答。

真田源二郎软软倒在地上。

"你这浑蛋！"

　　已经到了这一步，角兵卫一边观察着周围的动静一边将刀尖指向源二郎的胸口，准备彻底结束他的生命。

　　"嗖——"

　　又有什么飞来，一下刺进了角兵卫握刀的右腕。

　　"啊……"角兵卫的刀落在地上。紧接着，又有东西连续命中他那站不稳的左边大腿。

　　这是一种前端尖锐，像人的手指一样粗细，类似飞镖一样的东西。

　　但是，现在的角兵卫没时间看那东西的形状。这种奇怪的飞镖正接二连三地向他的前后左右飞来。

　　就连角兵卫也不得不抱头鼠窜。

　　他判断不出投飞镖的人在哪里。

　　樋口角兵卫咬牙切齿地号叫着逃走了。

第柒话

"喂……喂……源二郎公子……喂……"

一个女人在喊自己。源二郎渐渐恢复了意识。

"是阿德夫人在喊我吗？我到名胡桃城了吗？"

"阿德夫人……"

"啊，什么？"

抱着自己的女人笑了起来。

"啊！"完全清醒过来的源二郎说道，"这不是阿江嘛。"

"是。"

的确是忍者阿江。

"你怎么……"

"今天一早离开的上田城。"

"哦，你到过上田呀？"

"是的。昨天傍晚，从浜松赶来的。"

"见到父亲了？"

“嗯，我来送壶谷又五郎大人的信函。”

“噢……”

“您怎么样了？”

“啊，角兵卫他……”

“我把他赶跑了。”

“你？”

“是呀。他逃往舞田峠方向了。”

“哪里？”

“就是刚才你待的地方。”

“为什么你会在这里？”

“从上田出发后，突然想起好久没来别所泡温泉了，所以就顺便过来。舒舒服服地泡过温泉，离开别所返回的途中，发现樋口角兵卫公子带着两个浪人追击源二郎公子，所以……”

“这样呀。”

阿江似乎对角兵卫的事情也略知一二。

“你很厉害，能把他击退。”

“因为我用了忍者的武器。”

“是吗？不过，你为什么不杀了他呢？”

“这……”

阿江讶然看着源二郎。

这时，残月昂首走了起来。

“角兵卫公子不是大人的外甥吗？”

“说什么呢？他不是差点把我杀了吗？”

“不过，您现在还活着呀。”

“这不是一回事！”源二郎大叫道，突然觉得喉咙有些刺痛，
“啊……”

“来，扶着我的肩吧。”

“嗯……”

“去哪里？”

“我本来也打算去别所温泉的呢。”

“啊，这、这……难得的机会，我陪您去吧。”

阿江说完，扶源二郎上了残月。

第捌话

　　"源二郎公子，羽柴和德川的战争就快要结束了……或许，真田家明年也会出大事的，你一定要好好努力呀！"

　　在充满硫黄味的温泉雾气中，真田源二郎将身子泡在温泉池内。

　　"啊……差一点就死了呀。"

　　虽然没死，但确实见识了樋口角兵卫的恐怖。

　　"掐我脖子的那个力气，大得简直不像人类。"

　　头和喉咙依然很痛。那个时候，连脸都浮肿了，感觉都不像是自己的脸了。

　　在浴室外面，阿江好像在喂残月吃草。

　　能够听到阿江在对马说话。

　　古代被称做"七久里温泉"，位于天神岳山坳中的别所温泉，除了现在源二郎在的这一处，还有另外三处。

　　山田斋四郎是这一带的村长，阿江已经去过了他的府上，并拜托道："请派人去上田城报告一声，就说源二郎公子在这里。"

　　喂马的饲料也是山田府上的用人送来的。

　　"喂……喂……源二郎公子……"

阿江刚才明明还在外面说话，结果突然就来到了耳根底下。

"怎么了？"源二郎一下睁开紧闭的双眼，脑海中瞬间闪过一个念头——"难道角兵卫又来了？"

"啊！"

在池中回过头来的源二郎赶紧挪开目光。因为他眼前出现了阿江那对一颤一颤的美妙乳房。

"我也下去，行吗？"

"嗯……"

以前的时候，是男女混浴。

这不是什么值得大惊小怪的事情，但对源二郎来说，可是第一次看到一个成熟女人的裸体。

"来，您转过身去，我帮您擦拭按摩一下身体。"

阿江的双手开始在源二郎的脖颈处、肩部、背部、臂腕处一一擦拭。

"啊……"

难以言表的舒服——源二郎情不自禁地发出了声音。

"感觉怎么样？"

"好！真的很舒服！"

"佐平次还好吗？"

"噢，好着呢。一天到晚围着老婆转，基本不管我的事了。"

"噢……"

源二郎开始诉说对佐平次的不满。

阿江赤裸的手臂和乳头总是碰触到源二郎的肩膀、后背，这让源二郎很是忐忑不安，为了掩饰情绪，他开始不停地骂佐平次。

阿江意味深长地笑起来。

"有什么可笑的？"

"没什么……"

不知什么时候，外面下起了毛毛细雨。

阿江的手从源二郎的后背移到了他的胸膛、腹部。

"舒服吗？"

"嗯……舒、舒服……"

"源二郎公子……"

"什、什么？"

"您还不了解女人的身体吗？"

"嗯……"

不知什么时候，源二郎已经被阿江紧紧抱住。

"阿、阿江……"

"你讨厌做忍者的女人吗？"

"不、不讨厌。"

"太好了。"

阿江将源二郎的身体轻轻横倒，拖到自己的大腿上。在温泉池中，男人的身体也会变轻。

"这……你要干什么？"

阿江没有回答，而是将脸压在源二郎脸上，开始用温柔的嘴唇亲吻源二郎的嘴唇。

源二郎慌作一团。

手脚、身体都只能任凭阿江摆布。

不知过了多久。

蒙蒙细雨中，暮色临近。

源二郎趴在温泉池边的铺板上。

阿江将脸贴在他的后背上。

阿江那结实的翘臀出现在温泉雾气中。

"源二郎公子，今晚就住在山田府上吧？"

"你呢？"

"我也住下……"

"真的？"

源二郎幸村一下跳了起来，入迷地看着阿江："好，就这么决定了！"说完，突然抓住了阿江的乳房。

"啊，好痛……"

"对、对不起，对不起。"

"没关系的。"

阿江将源二郎的脸紧紧搂在自己的乳房之间，轻声说道："源二郎公子，羽柴和德川的战争就快要结束了……或许，真田家明年也会出大事的，你一定要好好努力呀！"

第玖话

真田源二郎在山田府上一共过了三夜。山田府上的人去上田送信——因为想独自在别所的温泉待三天，所以请不要派人来接。

安房守真田昌幸听了后，喃喃自语道："真是可怜，本来不该让源二郎承受的辛苦，我却让他承受了。还没能独当一面，这种辛苦让他身心俱疲了呀。"

昌幸露出一副从未有过的严峻表情，怅然若失。

然而，源二郎哪有什么身心俱疲？

——不，确实是挺疲劳了，但那是因为别的事情。

源二郎幸村在别所度过三夜，返回上田时，原本胖乎乎的脸消瘦下来，眼窝深陷。

"父亲，我回来了。"

见他出现在了上田城内的"地炉间"，安房守昌幸忙说："好！好！"像宠溺年幼的孩子一样，他搂着源二郎的双肩，"角兵卫的事情你放心吧，我会下达指令的。你先在上田好好休息休息。"

“好的。”源二郎爽快地同意了父亲的提议。

两天后，源二郎又恢复了以前的样子，于是回砥石去了。

在山田府上跟阿江共度的三夜，让源二郎很难忘怀。

阿江为了避人耳目，总是晚上偷偷来到源二郎的卧房，但有时也会天不亮就在温泉旁边等他。

总之，对源二郎来说，那是令他目眩的日日夜夜。

源二郎不仅仅是使出十八岁的年轻肉体所蕴涵的全部力量来回应阿江的爱抚，最后那一夜时，他可以说是彻底发挥了男人的雄风。

“啊，源二郎公子真是长大成人了……”

阿江吃惊不已。

“说什么呢？这一切都是你教给我的呀。”

“不过，你领悟得很快呢……”

年轻人那不加掩饰的充沛精力，最终连阿江都觉得有些难以招架了。

转年秋天，源二郎和阿江在上田重逢时，阿江告诉源二郎：“去年那时，我回浜松晚了，被壶谷又五郎大人狠狠训了一顿呢。”

这个暂且不说，我们言归正传——

无论是谁看见回到砥石的源二郎，都议论道：“好像性格变了……”

“好像是呀。”

但若问是哪里变了，却也说不清楚。

源二郎首先喊来忍者鞍挂八郎，说道：“别再找角兵卫了。”

“为什么？”

“只能这样。”

"啊？"

"正因为我们追个不停，角兵卫才会因害怕而做坏事。"

"不过，源二郎公子……"

"好了！放了他吧。"

角兵卫袭击自己的事情，源二郎连父亲都没有告诉。

"绝不能说。"

——阿江反复叮嘱过他。

别所的三夜，看来源二郎不只是了解了女人的身体。

对源二郎的变化，最吃惊的人不是别人，而是向井佐平次。

源二郎回到砥石居馆的那天傍晚，佐平次惴惴不安地来到了源二郎的房间。

"哦，佐平次，进来。"

"是……"佐平次双手伏地，不敢抬头，"实在是对不起！"

"为什么？"

"我本来想去别所道歉，请您处罚的，但听说您不准任何人去……"

"别说了！已经没事儿了。我病了。"

"啊？"

"谁都会得一次的病。"

"您说什么？"

"我们两个人好久没有一起喝酒了，去准备准备。"

"是、是。"

佐平次不知所措地跑到厨房，脸色苍白的茂枝凑了过来，问道："怎么样？"

"嗯……没有给我任何处罚。"

"这……这太好了。"

"总觉得源二郎公子的样子非同小可。"

"怎么了？"

"怎么说好呢……变沉稳了，从言谈到举止都像长大了十岁一样。"

"啊？怎么会有这样的事情。"

"嗯，就是这样……"

佐平次准备好酒，返回源二郎的房间。一起喝酒时，源二郎问道："怎么样？茂枝是个好老婆吗？"

"啊？"佐平次心中暗想，"终于来了。"

"我问你呢，茂枝是个好老婆吗？"

"是、是……"

"你结巴什么？"

"没、没什么……实际上……"

佐平次之所以把茂枝怀孕的事情告诉源二郎，就是希望他可怜一下有孕在身的妻子。

佐平次还记着源二郎离开砥石时，要求大泷伍平转告给他的话："你把我的话转告给佐平次，我回来后一定要处罚他！"

佐平次认为这个"处罚"就是被源二郎拧下脑袋。

——至少让我看看自己的孩子之后再死吧。

"你说什么？"源二郎放下酒杯，"怀孕了？"

"是、是……"

"哎呀呀，我早就看出你们两个黏糊糊地成天折腾了。"

佐平次面红耳赤。以前，他认为源二郎肯定还没染指女人，现在不得不推翻这推测了。

这个年龄，果真是什么都懂了……

"佐平次，恭喜你！来，倒酒再喝一杯！喝！"

"是、是。"

既然让倒酒喝，就应该不会受处罚了。

端起酒杯时，佐平次喜极而泣。

"喂，哭什么呢？你别吓我呀。"

"啊……真是太感谢您了……"

"是因为高兴才哭的吗？"

"是、是。"

"好了，好了。"源二郎温柔地说道，"以前是我不好。"

"不，都是我……"

"你娶了茂枝这么好的老婆，我好像是嫉妒你了。"源二郎率然说道。

打这夜起，源二郎和佐平次又恢复了往日的亲密。

第七章 变迁

第壹话

日子一天天过去了，樋口角兵卫依然杳无音信。

天下的局势开始出现一个新的局面。

德川军在长久手之战中获胜后，羽柴、德川两军最终也没有进行大决战。

显然，羽柴秀吉对德川家康擅长野战这一点很是忌讳——

"就算转入决战，让巨大的兵力发挥作用，击败德川、织田军队，怕也很难给德川家康以致命打击。"

家康并不是一副全然不顾、听天由命的姿态。

以精、强著称的德川军团，现在还在家康的领地内。就算在小牧山战败，也基本无望取到家康首级。但那时，家康会撤回后方，秘密储备迎接第二次、第三次战争的力量。

而且，即便羽柴军获胜，损失也会很惨重。

另外，对率领大军从根据地大坂城到美浓尾张的羽柴秀吉来说，战争持续时间越长，兵站越难以维持。

如此一来，即便在小牧山获胜，也说不上是决战。

秀吉觉得家康真是难以对付。

这很可能损害秀吉的威望，让家康的实力得到天下认可。

敏锐的秀吉不可能注意不到这一点。

初夏时节，秀吉避开了和家康的正面交锋，派军队去进攻织田信雄的大本营——伊势。

家康依然和羽柴军对峙，不能离开小牧山半步。

但织田信雄的根据地既然遭到袭击，他就不能再留在小牧山了。

受家康鼓舞，信雄赶紧返回伊势。趁此机会，家康也离开了小牧山，和信雄一同夺下伊势的蟹江城，坚决抵抗了秀吉的进攻。

到了秋天，秀吉主动提出和解。

家康拒绝了他的提议。

晚秋时节，秀吉先从近江的坂本前往京都，下榻二条城。

家康不愧是家康，他修筑好小牧山的大本营，让榊原康政留守在此，自己则回到了冈崎城。

两军都厌倦了战争。

羽柴秀吉看出和德川家康之间很难和平交涉，遂暗中向织田信雄一人做起了工作。

秀吉喊来家臣富田知信和津田信胜，说道："我承蒙故主信长公的恩典，才取得今日之成就，现在与织田信雄交战并非本意。请你二人齐心协力，将我的意思转达给信雄，以共谋和平之路。"

两位家臣欣喜不已。

特别是津田信胜，他本是织田氏的族人，因触怒了信长而被迫离去，曾一度得到德川家康的庇护，后来又被秀吉藏匿。信长在知道这些事情之后被彻底激怒，曾命令秀吉诛灭信胜："不懂事理的家伙！杀了他！"

后来，恰好出了本能寺之变，信长死了，津田信胜这才捡回条命。

羽柴秀吉从津田信胜那里听说过德川氏的完美防御工程，据说是由牢不可破的家臣集团和长年艰苦的战时体制培育出的。信胜还劝告他不要勉为其难地连续对家康动兵。

富田知信和津田信胜一向织田信雄提出秘密会面，信雄立马就答应下来，好像早就等不及了似的。

两人一向信雄表明秀吉的意思，信雄便同意道："好！"

对曾经那样帮助自己，且亲自奔赴沙场的德川家康，织田信雄连招呼都没打一声。

所以，就连陌生人都说："论愚蠢，非信长次子莫属……"

同年（天正十二年）十一月十一日，织田信雄和羽柴秀吉会面，双方和谈了。对此时秀吉的态度，史料是这样描述的："礼品丰厚，言行谦卑……"

秀吉赠与信雄纸衣裳①两套、金二十枚、兵粮两万五千袋，将犬山城还给信雄，还应允他拥有北伊势四郡的管辖权。

当这消息传到家康耳中时，他并没有吃惊，只微微苦笑了一下，说道："是吗？那得马上派使者去祝贺信雄大人了。"

不用说，家康肯定是心下大惊，而且是既惊且怒，但他毕竟不是一个会因这种事而冲动的人。和他此前经历的各种突发事件相比，这委实不算什么。

---

① 用纸做的衣裳，用厚日本纸涂上柿漆晾干、揉软后制成。

不管怎么说，在"小牧·长久手之战"中，德川家康已经将自身的实力昭告天下了。

秀吉想无视家康，继续夺得天下，总归是无望的了。不管世人还是秀吉，都看清楚了这一点。

和对故主之子动兵的秀吉相比，家康是帮助信长之子作战。这样一来，不仅家康的实力，他的名望亦是不可撼动的了。

而且，他没有战败，觉得对方难以对付而作罢的是秀吉。

家康甚至派石川数正作为使者，去秀吉处祝贺二人和解。

这让秀吉甚是惊诧。

但他当然不会因此不快。

所以，他立刻再次向家康提议和解。

家康听了，只冷淡回道："我和他，不能同日而语。"

就算织田信雄同意和解，家康可没有这种打算。

家康早就看穿秀吉的心思，但他没打算和秀吉决战。正因有"支援织田信长遗孤"的名号，家康才得到了世人的拥护。

佐佐成政就是响应家康和信雄的号召，千里迢迢从越中翻过堆满积雪的寒冷立山山峰，来到家康处的。家康对佐佐成政说："我什么事情都听从织田信雄大人的安排。"将所有的责任都推给了信雄，冷静应对成政。

成政带领疲惫不堪的少数士兵又返回了越中。

后来，成政被秀吉降伏，归于秀吉麾下。

四国的长宗我部元亲听说信雄和秀吉握手言和的消息，十分吃惊，登时派密使前往家康那里说道："一旦您跟秀吉开战，无论何时，我定会渡海前去进攻大坂城的。请不要延误战机！"

对此，家康只回复道："若信雄大人想要和解，我无计可施。暂且等待时机好了。"

长宗我部在开战前曾受到家康和信雄的不断煽动，所以现在无论如何都理解不了。

家康把责任都推给信雄，而且态度冷淡，倒算不上有悖常理。

没有向秀吉屈服的，只剩下家康。

就这样，天正十二年过去了。

第贰话

接下来……

被安置在名胡桃城铃木主水处的阿德，平安产下一子。

这消息从名胡桃传到上田时，安房守昌幸首先问的是："生的是男孩吗？"

"不，是位千金。"

"是、是吗？是吗？"一瞬间，昌幸面露喜色，"这真是太好了！可喜可贺！阿德平安无事吧？"他这才问起了阿德。

昌幸似乎相当担心生的是个男孩。

昌幸马上将阿德产下女婴的消息委婉地传达给了岩柜的山手殿。

看得出山手殿终于松了口气。长子源三郎信幸在写给昌幸的信里说道："近日来，母亲大人好像放下心来，时常展露笑颜。"

"这就好。"昌幸亦安心了。

天正十二年秋，山手殿似乎等得不耐烦了，给昌幸修书一封："我想迁至上田。听说城池都筑好了，真想亲眼看看。"

对山手殿的来信，昌幸回复道："我也想让你和源三郎尽早搬来上田，但如果上田马上陷入战事，就会麻烦不断。真田氏从现在开始，要经历真正的苦难了。不管怎么样，我都想让源三郎保卫好岩柜，万一陷入非常境地，或许我们可以全部迁回那里。对这件事，想必源三郎是能够充分理解的。请向源三郎询问详情。"

从那以后，山手殿再也没有提过此事。

或许，源三郎解释清楚了目前天下之势将会如何波及真田氏吧。

昌幸派人捎信叮嘱源三郎："别管丸岩。对方不会进攻我们，就算进攻了也别出手，要谨慎对待。"

曾经作为上杉一方的先锋部队入侵吾妻郡的羽尾源六郎，在中棚碉堡的攻防中败给源三郎，逃到位于岩柜城西面四里的山中之城——丸岩城，从那以后一直缩头缩脑，不敢露面。

德川、羽柴开战后，越后的上杉景胜忙着加强沿海一带的防御工程，同时跟秀吉结盟，准备动兵，确实没余力支援被困吾妻山城的羽尾源六郎了。

上杉景胜是从羽柴秀吉在贱岳之战中战胜柴田胜家后，开始接近秀吉的。

"我看上杉不久就会被羽柴收服了。"

真田昌幸如此断定道。

丸岩城的羽尾源六郎好像兵粮紧缺了，有一二十人从城内逃出，投奔岩柜，而独自逃出之后下落不明者更大有人在。

这样一来，羽尾源六郎就在敌国的山中孤立无援，无论如何都不可能挑起战事了。他曾多次派密使请求上杉景胜派来援兵，但景胜一直没给他满意的答复。

去进攻处于这种境地的羽尾源六郎，攻陷丸岩城，似乎有些不近情理。所以，昌幸捎了话来："先放置一边，不要管了。"

"这是父亲深思熟虑后作的决定吧。"

源三郎信幸劝住了不断要求攻打丸岩的矢泽赖康。

从天正十二年秋天直到年末，真田昌幸的心态一直很是轻松。

上田的工程继续着，这固然让昌幸劳顿不堪。但不管怎样，正室山手殿的怒气已消，而且安置在名胡桃城的阿德也如他所愿生下一个女婴，所以他现在的心情不错。

天正十三年初，真田昌幸派使者火速赶往名胡桃城，告知自己所起的名字——於菊。

"我来取名，请耐心等待！"说了这些后，竟过去了半年。

或许考虑过许多不同的名字，但这半年的时间对昌幸来说，是十分短促而忙碌的。

后来，昌幸也曾说过："那之后出了各种各样的事，确实也受到过重创，但都不像在上田筑城时那样忘我地工作了。"

上田城确实是座结构严密的城池。

位于城池东面的三丸城郭十分广阔，将那里定为正门，是在天正十三年的春天。

一到天正十三年，德川家康便开始在三河的吉良筑城。

这是为了渥美湾海岸的防御。

浜松、冈崎二城的防御戒备也更加严格。

当时，家康四十四岁。

因为和羽柴秀吉还未和解，说不定什么时候就会和秀吉交战。

秀吉不再戒备家康，年初便去平定纪州。这是要讨伐那些在"小牧·长久手之战"中响应织田、德川号召对抗自己的人。

纪州的畠山贞政，根来、杂贺党，还有四国的长宗我部元亲……决不能饶恕他们！

羽柴秀吉决定首先攻打纪州的根来寺。

根来寺中约有五百僧兵，还有环绕名叫千石堀这一深深沟渠的碉堡。僧兵们奋勇抵抗，秀吉一时间很难攻下。

但是，壶谷又五郎报告给真田昌幸的情况称："羽柴一方利用伊贺忍者，向千石堀的碉堡后门射出带火的弓箭，弓箭恰好命中城中的仓库……"

据说，就是从仓库开始着火的。

仓库中存放着火药，所以一发不可收拾。

立刻就爆炸了。

就这样，根来寺被烧毁了。

真田家的忍者一直追到纪州，探听情况。

羽柴秀吉攻下根来后，立刻向杂贺党聚集的大田村的城池发起进攻，同样将其攻下。

就这样，秀吉平定了纪州。入夏后，任命弟弟秀长为总司令，率三万大军出兵四国。

秀吉并没有断了和家康讲和的念头，但既然家康无意和解，便不妨将纪州和四国顺手平定，以巩固称霸天下的基础。

如此一来，家康肯定会重新审视羽柴的实力。

关于德川家康，壶谷又五郎送给昌幸的书信中称："家康公近日似乎有意将本城移至骏府。"

一到春天，家康就去了甲州，进行大规模的巡视。

据书中记载，家康之所以如此长时间地逗留甲州，是猜想到秀吉的魔爪会伸到此处，力图统一甲州民心，加强戒备，共谋将来。

终于……

真田昌幸私底下预感到的事情，正一步步变成现实。

第叁话

前面已经说过，小田原的北条氏为夺得沼田城，压制北上州，多年来一直和真田氏纷争不停。

织田信长死后，德川家康曾以将沼田交与北条氏为条件，与北条父子和解。去年，家康出阵"小牧·长久手之战"时，北条氏直也曾提出："将沼田交与我们的约定该怎么办？希望能尽早落实。那样一来，我们会很乐意出兵帮忙的。"

家康当时并没有给予明确答复。

纵然和北条氏缔结了婚约，家康也绝不会在离开根据地和大敌交战时，轻忽了北条父子的野心。

真田昌幸目前就是以家康盟友的姿态，治理着上田和沼田。

对家康来说，哪一方都说不上是盟友，只是积极调解两家的关系。这样的话，就不至于发生战争了。

真田、北条两大家族，为争夺上州的沼田，积怨很深，情况复杂。对此，家康心知肚明。

对家康来说，北条父子是不可小觑的对手。他当然不希望北条父子的实力再度扩张。所以，他宁愿由真田来牵制北条。

他和秀吉交战之际，真田若跟北条擅自开战，就更好了。哪知真田和北条只是虎视眈眈对峙，全都等着家康从战场回来。

看来，德川家康无法再对两家的纷争继续坐视不管了——不管怎样，他确实约定将沼田交给北条氏了。

羽柴秀吉现在忙着平定纪州、四国，也无暇顾及家康。

最终，家康决定解决这个由来已久的棘手难题。

北条氏直在天正十三年的春天再次派来使者，说道："请将上州沼田交与我们。我们会把甲州都留郡奉送与您。"

家康同意了。

初夏时分，家康的使者来到上田，转达了主公的话："应该将沼田交给北条氏。根据情况，会还给你一块合适的土地。"

现在，没有任何地方适合与沼田交换。那就等于说，等什么时候有了空的领地，再换给昌幸。

——高压政策。

"小牧·长久手之战"中给予羽柴秀吉重创从而建立起的自信，使家康敢这样做了。

"哼哼……"真田昌幸冷笑了一下，"这种事真是闻所未闻。沼田是我们流血流汗拼命夺来的领地。三河守如果也是战国的大将，不用说也该知道这是什么意思。"

被昌幸这么一说，使者无言以对。

不明确说明用哪块土地和这样的城池、领地交换，只说一句"根据情况"，确实难以想象这是战国大将说出来的话。

真田昌幸早就开始让沼田城代萨摩守矢泽赖纲分析此事了。

又是老臣又是叔父的矢泽赖纲坚持认为："没有任何地方可以替代沼田。如果把沼田交与北条，那上田、砥石也难保了。他们会逐步逼近，不久就会把真田一族驱赶到岩柜的山城。如果想要胆战心惊地生活下去，那就把沼田交与他们吧。"

"好，就这样决定了！"

昌幸日夜兼程督促上田城的完工，也是在为这一天作准备的。

"我不会交出沼田的，请你照直转告德川大人和北条氏吧！"

德川的使者离开上田后，昌幸立刻派人赶往沼田的矢泽赖康处。

忍者鞍挂八郎亦被真田昌幸从砥石喊来。

"八郎，你手下有多少忍者？"

"真田庄那里加上老人和女人，有大约三十人。"

"是吗？太好了！"

昌幸首先下令完备草道，以保证上田、沼田、岩柜及铃木主水保卫的名胡桃城之间能迅速取得联系。

所谓"草道"，就是忍者们利用的小路、捷径。

八郎回到砥石，对源二郎幸村说："主公大人让您过去。"

"父亲他……终于要开战了吗？"

"我也不清楚。快去上田吧。"

"好的。你告诉佐平次立刻备马。"

"遵命。"

"八郎，父亲看上去怎么样？"

"很好，精神饱满。"

"是吗？那就好。"源二郎严肃地点点头，"必须这样。"

“源二郎公子，我现在要动身去岩柜送主公大人的信函了。”

“给哥哥？”

“是的。”

“好，快走吧！”

站起身来的源二郎大喊道：“佐平次、佐平次！”

鞍挂八郎向外走，佐平次向房间内走。

“佐平次，备马！”

“是。”

“你也跟我一起吧。”

“是。”

“从现在开始，你就不能整天黏着茂枝转了。”

“您说什么？”

“要打仗了。”

“终于到了……”

“嗯。”

“和谁？”

“北条。肯定是他们。”

第肆话

那天午后……

真田源三郎信幸正在安慰住在岩柜城内深宅里的姨母久野。

自从亲生儿子樋口角兵卫去年初春从砥石逃走后，久野日渐憔悴，这一点是有目共睹的。

"这样下去的话，说不定久野会死掉的。"山手殿也很担心妹妹，"源三郎，无论如何都没办法了吗？"

"您说'无论如何'？"

"我说的是角兵卫的事情。虽说身强体壮，但毕竟只是个十五岁的孩子。怎么会找不到呢？上田的大人认真去找了吗？"

"的确在认真寻找，因为我觉得父亲大人非常疼爱角兵卫……"

源三郎这样一说，山手殿脸上掠过一丝厌恶的神情，说道："像角兵卫这样奇怪的孩子，怎么样都无所谓……"

"您说什么？"

"没什么。角兵卫一日不归，久野的眼泪就一日不绝呀……"

山手殿一直怀疑角兵卫是不是丈夫安房守昌幸和久野私通生下的孩子。

不过，源三郎并没有察觉到这些。

"砥石的弟弟负责寻找角兵卫。"

"源二郎的话，那就可以放心了。"

"忍者们也出动了。但为什么会怎么都找不到呢？"

源二郎幸村没有向任何人泄露被角兵卫袭击的事情。

对哥哥和父亲也没说。

所以，源三郎才会觉得不可思议。

"忍者们一直在找，不可能找不到。正如母亲说的那样。"

"或许，我的确是看错了角兵卫。"

这时，源三郎突然想起不知什么时候，弟弟曾经对他说过的一番话："哥哥，你不要总把阿角当成个孩子。那家伙有着常人不及的力量，说是力量，也不光指力量。比如，有山间野兽一般的力量。不是以常人的标准来判断事情，有时候会有野兽的奸诈。哥哥只是还不知道他的恐怖而已。"

源三郎也听说了他冲破禁闭室逃跑时的样子。

"当时的所作所为，真难以想象是个十四五岁的孩子。"

这天清晨——

久野突然病倒了。

身材矮小，但一直都很结实丰满的姨母，最近变得如同玩偶一般瘦小。那双圆圆大大的眼睛失去了神采，饭菜也难以下咽了。

源三郎虽想着去看望姨母，无奈整个上午都忙忙碌碌，骑着马城内城外地跑，指挥家臣。

岩柜城也开始储备兵粮，修筑防御工程，以备不时之需。

夏天到了，但德川家康一直在甲州巡视。

当知道昌幸说"不会交出沼田"，违抗家康的命令时，家康的家臣比他本人还要愤怒，不断建议家康："现在，从甲州攻去上田吧！如果不打败真田，就不能以儆效尤，警示天下。"

家康冷静地压制了这一行为，说道："现在必须做该做的事。"在自己胜券在握前，不能停止对甲州的巡视。

不过，家康一边加强甲州边境的防卫，一边掩人耳目地频繁与小田原的北条父子联络。

他显然是准备着攻打上田一事。

此间，家康曾再次派人去说服真田昌幸。

"我做不到！"昌幸的回答十分冷淡。

昌幸决定跟德川和北条交战了。

上田、沼田、岩柜三城必须由真田氏独自守护。但这到底能实现吗？

就连源三郎信幸都觉得心中没底。

当然，昌幸正在同各个方面达成协议，他甚至向正忙着征战四国地区的羽柴秀吉派去了特使，详细说明真田氏的立场。

五天前，特使从上田赶来，将昌幸的信函带给源三郎。

信中说，昌幸已经向越后的上杉景胜求援。

请求上杉忘记昔日的恩怨，将那些付之流水。

无论怎样，没有周边强大势力做后盾，是不可能交战的。

虽说是求援，但昌幸并没有说让上杉景胜出兵。

只有自己参战就可以了，只希望上杉默默地看着。

如果越后的上杉军和德川、北条一起进攻上田，就算真田昌幸再怎么骁勇善战，都是抵挡不住的。

昌幸在给源三郎的信中写道："因为确实是只为了自己的利益，所以并不知晓上杉能否同意。不过，不变的是上杉对德川、北条的憎恶——我就寄希望于此了。"

织田信长死后，阻挠上杉景胜入侵甲州和信州的正是德川家康和北条父子。那个时候，真田昌幸也是家康的盟友，防备上杉军南下。

此前一直如此。

现在，源三郎终于明白父亲昌幸为何下令不得入侵吾妻郡，捉拿孤立无援的羽尾源六郎了。

"我不知道上杉氏会有怎样的反应，作为臣服上杉景胜的证明，我打算将源二郎送去。"昌幸甚至作出这种决定。

将至爱的次子送到上杉景胜那里去当人质。

昌幸确实是出自真心。

他内心深处固然是不愿意放走源二郎的，但不管怎样都没有把长子源三郎送去当人质的道理。

"如果那样，你就必须从岩柜迁至上田协助我了。希望你能理解我。敌人攻打上田时，也请三十郎来。"

"三十郎"是岩柜城代但马守矢泽赖康的雅号，其父萨摩守矢泽赖纲目前守卫着沼田城。

敌人攻打上田之际，定会同时进攻沼田，所以矢泽赖纲和沼田的兵力决不能转至上田。

岩柜城是真田氏最后的城池。

只要上田和沼田不落入敌手，岩柜就会太平无事。

　　所以，昌幸下令："从岩柜调五百人来上田。"

　　而且，为防万一，还命令道："加强岩柜的防御。"

　　位于吾妻郡东端的中山城，是一座小城，但这里聚集了北条的将士官兵，鬼鬼祟祟，蠢蠢欲动。不过，名胡桃城的铃木主水肯定密切关注着他们的一举一动，牵制着他们。

第伍话

那天下午，久野见到源三郎信幸，又开始絮絮叨叨地哭诉。

"这么重要的关头，角兵卫却不能帮助主公大人，真是太对不起了。"

她又开始不断地说类似的话，其实就是在担心独子角兵卫的人身安全。

"姨母，角兵卫还活着。我敢保证。就算逃到哪里去了，也不是会厚着脸皮寻死的人。"

源三郎又在认真解释着，和以往一样宽慰姨母。这样一来，姨母又开始抓住这些话不放似的，追问道："你真这么认为吗？"

"是呀。"

"真的吗？"她又重复问了一遍，"如果角兵卫回来了，主公大人会原谅罪孽深重的角兵卫吗？"

"总之，不会处死他的。"

"真的？"

“是。”

又是同样的一问一答。尽管如此，听源三郎这样一说，久野多少还是燃起了希望，憔悴的面容开始有了血色。

源三郎觉得姨母十分可怜。

深宅中的树林中，蝉鸣不断。

因为是地处高原的山城，所以夏天也很清爽。

“姨母一定要健健康康的才行呀。真田氏现在到了紧要关头呢。”

“到底是怎么了？”

“我也不知道，明天的事情……”

“哎，真是让人担心……”

久野不安地皱起眉头，但她经历过武田氏灭亡前后各种动乱，所以对开战之类的事情并没有那么苦恼。

与战争相比，还是更担心自己的儿子角兵卫。

这个时候，有侍女来到前厅，报告道：“有使者从上田来。”

“什么事呀？”久野投来询问的目光，“如果是角兵卫的事情，请一定全部告诉我。”

“不是角兵卫的事情。”

源三郎苦笑一下，走向走廊。

来到走廊，源三郎问等候在此的家臣：“什么事？”

“城代大人请您立刻前往。”

“好！”

矢泽赖康正在主殿铺木地板的大厅等着源三郎。

看不到使者。

“父亲大人传令？”

“是的。”

据说，上杉要求昌幸亲自去他的城池提出请求。

这从无前例。

一般都是双方提出和解的条件，如果彼此都同意，则双方城主举行会面。

源三郎、矢泽赖康感觉事情不妙，也是情理中事。

真田昌幸只带极少的随从，去昨天还是敌人的上杉本城，就算被杀了，成为天下人笑柄的也只能是昌幸。

上杉景胜因为昌幸，吃尽了苦头。

若是没有昌幸，武田氏灭亡后的上杉势力或许会从砥石延伸到上田，大大扩张。

他对昌幸的厌恶和怒气，想必非同一般。

但是，昌幸回信道：“我立刻前往春日山。”

“所以，必须把但马守喊到上田代替我。请立刻将此事转告但马守。岩柜是真田家非常重要的城池，就交给源三郎了。”

揣摩一下写下这样一封信函的昌幸的心理，源三郎清楚地意识到，自己的父亲绝不是一般的思维。

“除了按照上杉氏说的去做，父亲大人也没有别的办法了。”或许也会这样想。

传来矢泽赖康的脚步声——他已经来到大厅了。

“或许来不及了，但我要赶去上田，阻止主公大人……”

“没有用的。”源三郎平静地对赖康说。

“但是……”

“不管怎样，请但马守大人速去上田吧……”

第陆话

安房守昌幸带着次子源二郎幸村和二十名骑兵从上田城动身了。

一行人都是轻装上阵。

"驾！"昌幸一刻都不歇息地策马长驱。

他太着急去越后春日山的上杉景胜那里了。

拆阅景胜的回信后，昌幸说道："弹正少弼（景胜）所言极是。"随即就着手作出发的准备。

上田城的家臣们对昌幸亲自前往春日山一事非常不安。

昌幸女儿於国的丈夫小山田茂诚，在上田城三丸外有了住所，成为真田家臣，此时也急忙赶来劝道："太鲁莽了……"

不过，昌幸没有丝毫的迟疑——"我只是向上杉说明情况，即便被不由分说地拒绝，我也无话可说。如果我去春日山，弹正少弼一定会见我。不去是不行的。除此，我想不到真田氏还有什么生路了。"

源二郎带佐平次从砥石的居馆疾驰而来，此时，对父亲所言，什么都没说。

“你也和我一起去春日山。”

“是。”

“马上作准备！”

“是。”

“等一下，源二郎……”

“嗯？”

“你明白为什么连你都要去春日山吗？”

“明白。”

“说说看。”

“做人质吧，父亲。”源二郎平静地说道，“能为父亲做事，我很高兴。”

“说得好。”昌幸脸色稍显苍白，但一直都在微笑，“除了让你去，没有别的办法了。”

“是。”源二郎没回砥石便开始作随身准备，而且，还对佐平次说道，“不必跟我去。”

“为什么？”佐平次正兴奋不已，“随从跟着，是理所当然的事情。”

“别着急。”

“不过……”

“上杉和父亲之间的和谈尚未见分晓。”

“那我更该待在您身边了。”

“你知道我和父亲处境都很危险吧？”

“嗯……”

“不用担心，上杉弹正少弼不会暗算孤身出现的父亲大人的。”

“但是，源二郎公子您……”

"以前……很久以前……好像有这样的事情，听说我爷爷就是暗算别人的高手。父亲也是。"

"难道……"

"各国小规模的战争不断，天下之势尚不明朗。在这种时候，无论采用什么样的手段，只要讨伐成功就好，赢了就好，夺得想要的东西就好，偷盗也没关系，就是这样的形势。"源二郎从容地说道，"但现在不同了，像上杉这样的大名，如果暗算父亲和我，则会立刻天下皆知。而现在天下是如此太平……我说得不对吗？"

"嗯……"

"佐平次，这样的话，上杉的评价就会一落千丈。而且，对手还是安房守昌幸。如果暗算德川、北条，或许还能理解，但现在这种情况，即便取了父亲的首级，也并无益处。"

"不过，对真田氏来说，那可是非同小可。"

"什么呀……"源二郎摇了摇头，淡然说出了惊人之语，"如果父亲被害，岩柜的哥哥就会搬到上田。这样的话，上杉面对的就是一个比父亲更可怕的对手了。"

佐平次惊得一句话都说不出了。源二郎的意思无疑是说，如果让哥哥源三郎做上田城主，会比父亲昌幸更优秀的。

接着，源二郎又嘟囔了一句："不愧是父亲大人。"

这次，好像是在称赞昌幸。

"看了上杉的回信后，立刻带少数几个随从前往春日山。这是唯一的选择，难道你不这样认为？"

"嗯……"

"真是果断。"

就算只带了简单的武器，却不意味着是要深入敌军内部。

那只是要表现出必须迎击德川、北条两军的紧迫感罢了。

"说不定，佐平次也会去春日山的。"

"真的吗？"

"嗯。和茂枝一起来！你应该明白我是去上杉那里当人质的吧？这样的话，你和我就都不能参加这场事关真田氏命运的战争了，真是遗憾呀，佐平次……"

听源二郎这样一说，佐平次除了回答"是"，也没有其他办法了。

因为昌幸、源二郎父子都很沉着冷静，上田城内逐渐平静下来。

安房守昌幸喊来以前的砥石城城代长门守池田纲重和小山田茂诚，叮嘱道："矢泽但马守很快就会从岩柜赶来，你们三人保卫好上田！"看到池田和小山田都难掩悲伤之情，昌幸微笑着又补充了一句，"我很快就会回来的。"

从信州上田到越后春日山，就算骑马也得两天时间。

两名骑士先于昌幸一行人离开了上田城，前去春日山禀告："真田安房守登门拜访。"

第柒话

这次跟上杉景胜会面，昌幸、幸村父子所受到的影响惊人强烈。而且，这影响从当时直到十五年后都发挥着重大作用。

只要在新潟县直江津市正前方的信越线春日山车站下车，便会看到其西面海拔约一百八十米的春日山城址。

虽然海拔不高，但周围并没有凌驾于它的山峰，再加上那是公认的上杉氏本城旧址，所以越发觉得山容威严了。

从车站到春日山城址大约两公里，那一带还有从上杉谦信时就开始留存下来的城下町。城址中一座城楼都没留下。但是，站在顶峰，一眼望向从东向北延伸的高田平原，不仅可以看见信越山脉，还能一直看到关东的层峦叠嶂。

视野是如此开阔。向南看的话，山峰起伏不定，对面可以看见妙高山的山顶。北面则是直江津港和日本海，可以尽览米山的秀丽景色。

与前面的广阔相比，春日山城后面，暗淡的山谷地形复杂，山岳重叠，挡住了整个城址。

北陆道的来敌，根本无法在这种险要地方发动进攻。

初夏时分拜访春日山，树林郁郁葱葱，可以看见在深林中有各个城郭的护城河及少量的石垣。

看到这样的春日山，再打开古代的地图，就很清楚昔日上杉氏的居城是何等的气派豪华了。

春日山城有两座被称为主殿的居城，一座在山顶的本丸——若城池被敌人包围，城主便移居于此；另一座则在春日山东面的山脚下——这里是城池的正面，即"正门"，城主平时就住在山脚下的城池里。

安房守真田昌幸、幸村父子所到达的，正是上杉氏平时的居住之地。居馆使用的是很粗的木材，坚固朴实。真田昌幸突然想起以前位于古府中的武田信玄的居馆。

"简直太像了！"

家居摆设极其奢华，一看就知道是从京都运来的东西。

以前的春日山城主上杉谦信整日往返于连绵不断的战场，曾两度上京，深得天皇、朝廷的信赖。就在他想将天下据为己有之际，却病逝了。

那是武田信玄死后五年之事。

话说谦信死后，上杉氏内部纷争四起。上杉景胜的父亲政景是上杉谦信的堂兄弟。谦信无妻无子，遂将堂兄弟之子收为养子，后又从关东北条氏那里收来一子，取名"景虎"。

两个养子开始争夺主君之位，最后以景虎自杀而宣告落幕。

景胜顺利当上了上杉氏的主君。

已故的谦信是一位身材矮小之人，但三十一岁的上杉景胜则是高大魁梧，而且颇具越后之太守的品格，相貌堂堂。

“当时看了两人，总觉得父亲看上去很渺小。”

后来，真田源二郎曾苦笑着对佐平次说过这样的话。

安房守昌幸同样身材矮小，源二郎曾评价说：“与弹正少弼一比，父亲虽说年长，但看上去像个老人一样。”

昌幸没进行任何辩解，将真田氏眼前的危机如实告诉了上杉景胜。

景胜不断点头，说道：“安房守大人让我吃尽苦头，现在对我提出这样的要求，真是只为自己着想呀。”

昌幸无言以对。

“不过，这也是战国之世道呀。虽然觉得难以原谅你们，但我还是宽恕你们了。”

“真的吗？”

昌幸和源二郎都没想到事情会如此顺利。

他们觉得景胜肯定会提出各种各样的条件。

例如，作为和真田氏结盟的条件，需要让源二郎做人质什么的。

即使提出派上杉方的城代去砥石，也没办法呀——昌幸甚至暗自这样想过。

景胜说，即使与真田结盟，也绝不会派出援军。

昌幸早就料到这件事了。

眼下忙着攻略四国的羽柴秀吉，还是非常希望和德川家康保持和平的。

秀吉不想第二次与家康交战。所以，羽柴秀吉麾下的上杉景胜当然不敢和攻打上田的德川军交战。

“我只能暗中相助了。我们也有自己的想法。”景胜说道。

“真是万分感谢！”

真田昌幸终于放心了。本以为真田父子会在居馆中被暗杀，现在却完全感觉不到那种气氛。

源二郎也深受感动。

让真田父子的感激之情继续倍增的，是接下来昌幸向上杉景胜提出将源二郎作为人质留在春日山的时候。

景胜展颜一笑：“这是以后的事情。”

“您说什么？”

“在上田城迎击德川、北条大军，你们获胜的希望恐怕是很渺茫吧？”

“的确如此。”

“不过，应该父子齐上阵，共生死。”

“啊……”真田昌幸的脸红了。

“如果战争结束后还活着，再让源二郎来做人质吧。”景胜如是说道。

源二郎的身体像被烧着一样滚烫。

“真是位了不起的大将。”

不得不让人如此赞叹。

“真是太感谢了！”昌幸的声音因为感动而低沉。

“请尽情开战吧。”

“是。”

“源二郎公子，你多大了？”

“十九岁了。”

“嗯……”

上杉景胜点点头，痛快地从腋下抽出一把短刀，说道："送给你了。"随即交给了源二郎。

——难道你不觉得事情太顺利了吗？

父子二人对望一眼，都怀疑自己是不是在做梦。

一起陪同前来的家臣们看到父子二人平安无事地走出居馆，都茫然不知所措。他们都认为免不了一死的。

回上田的途中，昌幸说道："源二郎，不要忘记今天的事情呀。"

"是。"

"我也不能忘记。我真没想到弹正少弼是这样的人。"安房守昌幸连连点头，"如果我是今天的弹正少弼，或许不会这样爽快地让真田父子回去。"

正因真田昌幸会坦然暗算妄图夺回沼田城的羽尾源六郎，所以他对上杉景胜这次的大度表现才倍觉感慨。

"我不会忘记的。"昌幸再一次说道。

这次跟上杉景胜会面，昌幸、幸村父子所受到的影响惊人强烈。而且，这影响从当时直到十五年后都发挥着重大作用。

这是昌幸和源二郎所想不到的。

"父亲大人，上田的人们听到此事，一定会吃惊不已吧。"

"嗯……"昌幸精神抖擞地一蹬马肚，大喊，"驾！驾！"

第捌话

真田家的人看到回到上田城的昌幸父子，纷纷欢呼着出来迎接。

虽然先行的骑士已经将吉报带到了上田，但小山田茂诚等人似乎没亲眼看到主公就不敢相信。

佐平次跑到回到上田的源二郎的马旁，刚一喊"源二郎公子"，眼泪就控制不住地流了下来。

这三年来，主仆之间已经建立了如此深情。

佐平次和茂枝已经有了一个男孩。

今年正月十七，茂枝产子之时，源二郎接受佐平次的请求，为孩子取了名字。

"取'佐平次'中的一字，叫'佐助'如何？向井佐助，真是个好名字呀！"源二郎颇自得道，"这是我第一次给刚出生的孩子取名呢。"

他送给佐平次夫妇很多礼品。

这时……

回到上田的真田昌幸派使者赶去通知岩柜的源三郎信幸：把孤立无助地待在吾妻山中的羽尾源六郎送回春日山吧。

昌幸将上杉景胜的信函交给源三郎，让他拿这个去和丸岩城的羽尾源六郎谈判。

这天深夜，忍者奥村弥五兵卫来到了上田。

他是壶谷又五郎的密使。

安房守昌幸进了卧房，睡得很沉，但他曾反复叮嘱："忍者赶来时，无论如何都要立刻接见。"所以，侍者走进了昌幸的卧房。

须臾，昌幸来到地炉间，接见了奥村弥五兵卫。

"你辛苦了。"

"不敢当。"

"从浜松来的？"

"是。"

"最近有什么棘手之事吧？"

"是的。"

自从真田氏和德川氏之间的局势不稳后，昌幸的弟弟，也就是现在跟随德川的隐岐守信尹就不敢轻举妄动了。

现在不允许忍者像以前那样自由进出了，壶谷又五郎不得不忍受着极大的辛苦，进行间谍活动。

奥村弥五兵卫很早以前就当了隐岐守信尹府上的侍者。所以，他的情报都是从隐岐守信尹那里来的。

信尹没有写成书信，只是口头上将此信息告诉了奥村弥五兵卫，并一再叮嘱："如果你把此事告诉了上田的哥哥，就再也不要回浜松了。"

所以，奥村弥五兵卫就趁深夜偷偷跑出信尹的宅邸，将此事告诉了隐藏在骏府的壶谷又五郎，又立刻赶往上田。

那么，这情报到底是什么呢？

这是一个让真田昌幸的倦意、睡意顿时烟消云散的消息。

——德川家康突然死了。

"就算没死，也确实快要死了。"

隐岐守信尹偷偷通知的就是这件事情。

听说德川家康在快要结束甲州巡视的时候，后背的重要部位起了个痈。

化脓球菌进入体内而出现的这种恶心肿瘤的恐怖程度可想而知，取人性命实不罕见。所以，家康火速返回了浜松城。

但也有传闻说，是家康的遗体被送了回来。

浜松城内外戒备森严。隐岐守信尹和上田的哥哥、主公家康都断绝了来往，谨慎地待在家中，闭门不出，但在同一城下不可能听不到传闻。

入夜后，奥村弥五兵卫多次离开府邸，去城下四处打探。

戒备如此森严，终归是进不了浜松城内。德川大部分的家臣也没看见城内的真实情况，只有几位重臣知晓。

"偷偷召见了唐人（中国人）医生。"

"当时，主公大人好像已经气绝身亡了。"

各种各样的臆测层出不穷。

隐岐守信尹传话说："总之，确实非同小可。如果让哥哥过早思虑也不妥当。我们听到的只是浜松城下的各种传言。"

他虽为德川的家臣，但一直惦念着真田氏。

而且，信尹还说："这次要真田家交出沼田，肯定不是家康本意。"

不过，他没有可以让昌幸理解这一推测的证据。

信尹的意思似乎是说，那只是因为小田原的北条父子施加的压力过于激烈、强大和急迫了。

换言之，德川家康当下的立场其实非常艰难。

虽说给予羽柴秀吉重创，但秀吉的势力并没有减弱。

现在，秀吉不是派遣大军平定了纪州，正在攻打四国吗？

秀吉的威望再次变得不可动摇。无论怎样，他毕竟是控制着日本的都城，不断扩大以诸国大名为中心的势力范围，仅仅这一点，只控制从东海到甲州的德川家康就望尘莫及。

北条氏政、氏直父子也开始表明，如果家康的态度继续这样不明朗的话，他们将再次与秀吉结盟，入侵甲州。

为此，家康匆匆巡视了甲州，以期做到万无一失。

隐岐守信尹跟着又说："希望哥哥能理解三河守大人的心事。而且，请重新认识德川氏的存在和三河守家康。"

不过，这也只是家康如果在世的事情了。

最后，信尹说道："若家康确实暴卒，我打算立刻离开浜松，赶往上田。"

"嗯……"听完事情的来龙去脉，真田昌幸明显地兴奋起来，"弥五兵卫，你的意见如何？"

"这……"弥五兵卫不敢轻率作答。

"你认为三河守死了吗？还是……"

就算死了，也不会马上公布于众。重臣们当然会尽量封闭家康已死的消息，先想出善后对策。

家康最信赖的长子信康，六年前因有内通武田胜赖的嫌疑，被织田信长下令切腹而死。

次子秀康只是个十二岁的少年。而三子，也就是日后德川幕府的第二任将军秀忠，此时刚刚七岁。

对紧密团结的德川家臣集团来说，如果失去了主公，是很难将德川家维持下去的。

奥村弥五兵卫虽然觉得三河守死了，但面对安房守昌幸的提问之际，只是回答："难以揣测。"

事关重大，忍者不能随意说出主观断定的结论。

此时的奥村弥五兵卫是英明的。

就连在骏府的壶谷又五郎听到弥五兵卫所说的话时，都脱口说道："三河守怕是死了。"

当奥村弥五兵卫询问是否要将又五郎的话转达给上田的主公时，又五郎马上说道："不要说死了，说：'我想也许是死了吧。'将我的想法说给主公大人，是没有关系的。"

第玖话

真田昌幸认为，即便家康没死，也肯定是患上了生死攸关的重疾。总之，德川军眼下是不会再进攻上田了。

虽说北条父子肯定会提早进攻沼田，但只要没有了德川的援助，北条父子就不会攻到上田城下。所以，他们首先会攻打的是觊觎已久的上州沼田。

然而，若家康当真死了，羽柴秀吉定会插手此事，不会任由北条父子侵略上州。

昌幸马上派特使赶往岩柜的源三郎信幸那里。

奥村弥五兵卫在上田待了两夜，赶紧返回骏府。

此间，弥五兵卫将壶谷又五郎交代的事情转达给忍者鞍挂八郎。

又五郎下达指示："向甲州边境的忍者驻地加派人手。"

而且，弥五兵卫将又五郎苦心经营的，从京都、大坂到近江和从浜松到骏府、小田原的各个忍者驻地的具体地点以及联络方式都告诉了八郎，然后就离开了。

岩柜城代但马守矢泽赖康已经到达上田，他也同意昌幸的想法：
"必须尽早加强沼田的戒备。"

昌幸让矢泽赖康留守上田，扬言道："危急时刻，我去沼田！"

密使不断经由岩柜，往复于上田和沼田之间。

夏天的日光格外耀眼，召集来的劳力和家臣们不分昼夜地忙于
加强上田城内、城外的防御工事。

矢泽赖康的父亲——沼田城代萨摩守赖纲——捎信说："大人万
不可离开上田。大人即使到了沼田，结果也是一样。因为我和大人
一样，会誓死保卫沼田……"

矢泽赖纲虽然年事已高，对保卫沼田还是有着绝对的自信。

所以，昌幸决定将五百名士兵调遣到沼田，询问矢泽赖康的意
向时，赖康答道："我想这就够了。"

"源三郎也一起去沼田吧，如何？"

"不必了。"赖康断然答道，"源三郎公子是岩柜的统帅。"

"嗯……"

"是大人的继承者。沼田，父亲萨摩守一人足矣。"

"好吧。"

不知为何，昌幸很痛快地答应了。

从今年开始，昌幸好像逐渐重视源三郎了。将羽尾源六郎送回
越后的上杉景胜处这件事，就是源三郎信幸亲自前往丸岩城交涉的。
羽尾在与源三郎交谈的过程中，逐渐喜欢上这个和自己儿子年龄相
仿的年轻人。

"越后和上田成为这种关系，那我也该去上田或沼田援助交战
才是呀……"即便是开玩笑，但他确实这样说过。

羽尾源六郎一到春日山，上杉景胜就立刻派使者去了上田，并迅速将昌幸归于自己麾下这件事报告给大坂的羽柴秀吉。秀吉回信道：“这真是太好了！无论什么事，齐心协力是最好的。”上杉派使者去上田，正是要禀告此事。

秀吉不再攻打四国了，好像回到大坂城担任了总指挥，一副悠然自得的派头。

“这太好了！”昌幸欣喜万分。

这样一来，就确定了羽柴、上杉、真田战线——从信州到越后，从越后经由北陆道到近江、京都、大坂……在这条同盟战线中，再没有一个敌人！

这样，就保证了真田军后方的安全。

“如果三河守真的死了，以后就相安无事了。”昌幸暗暗寻思。

昌幸没有将家康重病的消息通知上杉，上杉景胜在给昌幸的信函中也没有提及此事。然而，景胜应已获知此事了吧……

从那以后，壶谷又五郎再没送来任何消息。昌幸派上田的忍者去上州打探，得知小田原的北条军正一点点向各处城池和碉堡聚集，作开战准备。

直到某天的傍晚，壶谷又五郎突然出现在了上田城。

当时雷雨交加，安房守昌幸却立刻赶到了地炉间，一见到又五郎便开口说道：“让你久等了，又五郎。”

“啊……”

“三河守怎么样了？”

又五郎微微一笑：“这……”

“果真死了？”

"没有……"

"什么？"

"起死回生了。"

"你说'起死回生'？"

"马上就要死了。遗憾的是，还有一口气的时候……"

"治好了？"

"对。唐人医生使用了异国传来的膏药和高超的针灸之术，而且发挥了效用。将肿瘤弄破，流出脓汁，听说很快就痊愈了。浜松城下，好像也起死回生了一般。"

"噢……"真田昌幸的眼神难以言表，抬头盯着天花板，过了片刻方才嘟囔道，"哎呀呀……"

他和又五郎四目相对，一起大笑起来。